Um rio sem fim

Verenilde S. Pereira

# Um rio sem fim

ALFAGUARA

Copyright © 2025 by Verenilde S. Pereira

*Grafia atualizada segundo o Acordo Ortográfico da Língua Portuguesa de 1990,*
*que entrou em vigor no Brasil em 2009.*

*Capa*
Ale Kalko

*Imagem de capa*
*Mãe d'água*, 2019, de Daiara Tukano. Nanquim sobre papel, 21 × 29,7 cm. Coleção particular.

*Preparação*
Silvia Massimini Felix

*Revisão*
Thaís Totino Richter
Jane Pessoa

*Os personagens e as situações desta obra são reais apenas no universo da ficção;*
*não se referem a pessoas e fatos concretos, e não emitem opinião sobre eles.*

Dados Internacionais de Catalogação na Publicação (CIP)
(Câmara Brasileira do Livro, SP, Brasil)

Pereira, Verenilde S.
    Um rio sem fim / Verenilde S. Pereira ; posfácio
Rodrigo Simon de Moraes. — 1ª ed. — Rio de Janeiro : Alfaguara, 2025.

    ISBN 978-85-5652-268-9

    1. Romance brasileiro 1. Moraes, Rodrigo Simon
de. II. Título.

25-247431                    CDD-B869.3

Índice para catálogo sistemático:
1. Romances : Literatura brasileira    B869.3
Cibele Maria Dias – Bibliotecária – CRB-8/9427

Todos os direitos desta edição reservados à
EDITORA SCHWARCZ S.A.
Praça Floriano, 19, sala 3001 — Cinelândia
20031-050 — Rio de Janeiro — RJ
Telefone: (21) 3993-7510
www.companhiadasletras.com.br
www.blogdacompanhia.com.br
facebook.com/editora.alfaguara
instagram.com/editora_alfaguara
x.com/alfaguara_br

# Sumário

**PARTE I**

| | |
|---|---|
| Antes do fogo | 9 |
| Suspiro | 12 |
| Voo | 17 |
| Cuspi! | 20 |
| Maria de quê? | 25 |
| Bico de brasa | 29 |
| Por que vieste? | 32 |
| Momento transpassado | 35 |
| Confissão impossível | 40 |
| Segredo quebrado | 42 |
| Tempo, reduto de mim | 48 |
| Sem escapatória | 51 |
| Escrever também é sangrar | 55 |
| Frio antecipado | 59 |
| Vertigens da viagem | 62 |

**PARTE II**

| | |
|---|---|
| Mais um punhado | 69 |
| Domesticação | 75 |
| Como as gatas parem | 80 |

| | |
|---|---|
| Escoriações e branduras do tempo | 85 |
| A epidemia | 88 |
| Catarino | 93 |
| Vício lascivo | 96 |
| Gota azul | 101 |
| Defende-te de mim | 104 |

PARTE III

| | |
|---|---|
| Cor que não tem nem nome ainda | 111 |
| Anamã e Alonso | 114 |
| Alonso e Anamã | 119 |
| Abalos das palavras do mundo | 122 |
| Festa de casamento | 126 |
| Niilista pós-moderna | 132 |
| Uma enguia | 137 |
| Jardineira e girassóis | 139 |
| Logo com ela | 145 |
| Lúcida leveza | 148 |
| As barcas de mármore | 158 |
| Sair de mim a tempo de ainda me ver morrendo | 162 |

| | |
|---|---|
| *Apresentação à edição original (1998)* | 167 |
| *Posfácio: Um rio insurgente* | 169 |

# PARTE I

# Antes do fogo

Sempre que me falam dele é como se eu o visse no dia em que conversávamos e seu semblante me pareceu estar em pedaços, como refletido num espelho negligentemente estilhaçado. Ainda conseguia imaginá-lo com as faces perfeitas produzidas pela esperança sem tropeços de décadas passadas, embora, naquela manhã de 7 de junho de 1986, quando o bispo dom Matias Lana tinha oficialmente setenta e cinco anos, seu rosto se mostrasse em indisfarçadas e impetuosas contrações, e do cansaço azulado dos seus olhos miúdos emanasse certa pureza de quem não se macula com a desordem irracional daqueles homens sujos e pecaminosos que deveriam ser cristianizados sob sua austera proteção. Homens ditos tão estúpidos e primitivos que fora necessário aos missionários católicos registrar em livros e publicações o resultado de testes aplicados por um cientista italiano, e cuja constatação foi a de que a inteligência de um daqueles adultos correspondia à de uma criança europeia na faixa de oito anos. Ou menos ainda.

Os missionários acreditavam convictamente que a parca inteligência dos indígenas impedia que superassem pequenos problemas cotidianos: cometiam erros na navegação, não sabiam prever ou sanar inconvenientes, não sabiam cortar uma árvore que dificultava a passagem de uma embarcação. E houve quem passasse longos anos de vida a catalogar o não saber: "não sabiam", "não sabiam", "não sabiam"... Os missionários achavam que aqueles povos sofriam de obtusidade intelectual e, assim vistos, dessa maneira também foram perdoados, escarnecidos, educados, explorados, odiados, desejados, sacramentados e, já que o amor é também algo tão estranho, é possível até que dom Matias Lana os tenha amado.

Museus e bibliotecas expõem a obra dos missionários, onde uma selva primitiva guardava esses povos livres dos freios da razão, morosos para entender e obedecer ordens, assim como incapazes de raciocínio ou abstração devido a sua viscosidade mental. A pretensão de alguns autores era desvendar-lhes a alma, embora um deles tenha profetizado os riscos de que poderiam sofrer a ingratidão e calúnia de malévolos ou irresponsáveis. Há livros que permanecem assim, intocados pelos personagens que desfilam por suas páginas, daí por que as profecias dos autores sobre suas obras sucedem como profecias. Até que os personagens buscam-se nas linhas ou nos silêncios do escrito, e não encontram intimidade nenhuma com as deformações ali descritas. E então, indomados pelo autor, ergam labaredas com suas páginas, labaredas imensas como as que vi à beira do rio, quando um ressuscitado pajé, com as pernas negras da tinta do jenipapo, gritava no meio da noite que as mentiras estavam sumindo: "Tomara que esses gravetos e essa aguardente aqui, essa que vou jogar, queimem o olho desse mentiroso, que nunca mais ele diga o que nunca fui, como não quero ser, como essa índia aí, espie, como essa índia não é".

E quanto mais as labaredas subiam soltando fagulhas pelos ares, mais o grupo ria satisfeito, escarnecendo das imagens em cinzas. O fogo aniquilava as "índias" desavergonhadas que viviam prostituídas nas aldeias agindo como bacantes, levava embora os "índios" insensíveis que não choravam por um parente morto, fazia desaparecer aqueles mentirosos e criminosos natos, impressos nas páginas em fogo como irresponsáveis, infantis e egoístas exacerbados. Através daqueles doze indígenas indomados e quase anônimos, concretizava-se, por momentos, a ingratidão dos personagens, profetizada pelo autor e, como num desafio, a potência da noite não foi capaz de tragar aquela fogueira ao redor da qual dormiram exaustos. Dormiram ouvindo o crepitar do engano daquilo que seria eles mesmos.

Dormiram assim até a outra manhã, quando fui encontrar-me com dom Matias Lana e a cotidianidade os trouxe novamente domados, pois o maltrapilho pajé, desacreditado pelos novos habitantes, teve que pedir inutilmente a um dos mercenários que invadiu o povoado:

"Não me olhe assim, agora sou outro, só fui bicho vagabundo até ontem, antes do fogo. É mentira o que o missionário disse de nós." Era Lauriano Navarro, que horas antes havia sido ressuscitado e vigoroso pajé. Agora, cambaleante, pedia para o mercenário acreditar que a mentira havia sumido, "Olhe, olhe como a fogueira queimou". Mas só recebeu um olhar de desdém e descrédito, que engoliu junto com um pedaço de pão seco, a voz pastosa e o barulho de águas caindo na garganta.

# Suspiro

Dom Matias transpirava de calor naqueles dias de junho e admitia um cansaço que o fazia esquecer o que falava, mudar de assunto de repente, confundir palavras, datas, lugares, nomes. O bispo chegara ali no início da década de 1950, após várias tentativas frustradas de missões catequizadoras anteriores. E chegara com toda a volúpia física e espiritual própria daqueles que pensam introduzir a civilização e a modernidade através do catolicismo. Mas estava agora cansado, e esquecia. Cansado e esquecendo. Logo ele que, durante décadas, ao exercer o poder de criar e difundir pecados, realimentava-os continuamente, pois sempre tinha o que perdoar todos os dias.

"Dom Matias, lhe pesam os pecados criados e agora impossíveis de serem perdoados?" "Não lhe bastaram os milhares de pecados seculares?" Ele parecia adivinhar minhas perguntas e tentava lembrar-se exatamente onde me conhecera, embora aquela fosse a primeira vez que nos encontrávamos. Esboçou então um sorriso: Tem certeza de que nunca passou por aqui, escondida, como algumas embarcações?

Lembro que ele pediu que lhe fossem feitas perguntas certas para respostas exatas, pois sentia-se como um louco, fácil de se aborrecer. "Porque minha cabeça, agora com setenta e três, setenta e quatro, noventa e cinco anos, sei lá!... começa a esquecer até os dias. Hoje, sábado, é 7. Não, é 8. Ou 17? Domingo, 8, missa... No meu carimbo, que dia é? No meu, o dia no meu..., nem sei, e carimbo sem saber... ah! ah! ah!"

Ele riu e, embora incrédulo, determinou que a data oficial daquele dia seria a que estivesse marcada no primeiro carimbo que suas mãos trêmulas pudessem encontrar, naquele emaranhado de papéis em sua mesa e gavetas abarrotadas de estatísticas amarelecidas dos batizados, casamentos, comunhões que impunha aos indígenas. Sacramentos, era esse o seu maior fetiche; a obsessão que ele anunciava resultar unicamente da generosidade cristã e que precisava, a seu ver com urgência, se espalhar naquela região ainda tão inóspita.

Continuava assim dom Matias Lana, instituindo, agora, até um tempo sem rigor, contrário ao que ele mesmo havia ensinado ardorosamente aos índios. E ainda com o poder de perdoar até dona Laura Dimas que, por ser a vigésima da fila, com toda a paciência esperou sua vez na confissão de domingo. Demorou muito para se ajoelhar, ela. Esperava-se que não fosse mais capaz de baixar os ossos à terra, até que, quando ninguém mais a olhava, conseguiu realizar a manobra. E então o que seriam os seus pecados foram sussurrados num tom que despertou pesada curiosidade, intensificada pelo fato de que dom Matias Lana abandonou o confessionário e se dirigiu lentamente para o altar, mas Laura continuou lá, ajoelhada e contrita em sua entrega, ainda sussurrando, não se sabia mais a quem, sussurros que dela se desprendiam mas pareciam voltar a ela mesma.

Até que a levaram para um banco, onde permaneceu durante toda a missa com o terço azul enrolado nos dedos encarquilhados, dormindo. Ainda tentaram acordá-la quando o ritual exigia que os fiéis se ajoelhassem ou ficassem de pé, mas Laura Dimas, inflexível, demandava tanto esforço para ser movida que todos desistiram. No momento da comunhão, ela dormia serenamente, e o fio de saliva que escorria para a ponta do seu queixo enrugado fazia pensar se aquele líquido substituía seus murmúrios recentes ou se era possível que insônias transitassem naquele sono tão profundo. Ela foi também a última a sair da igreja, em véu de rococó amarelecido e vestido cor-de-rosa pregueado, o modelo clássico que as freiras impunham às índias.

Depois disso, a pergunta que lhe foi feita, e que tinha uma lentidão aguda, era se ela havia se confessado, e sua resposta foi um inesperado suspiro. E foi assim também quando lhe perguntaram repetidamente seu nome e, por três vezes seguidas, ela repetiu "N-me? No-m? N-me?". Sempre suspirando, dona Laura Dimas começou a farejar o gravador pequeno como se quisesse cheirá-lo ou beijá-lo, e a gravação continuou com as perguntas: "Assistiu à missa, hein?". E ela: "Hein?"… "Confessou ainda agora, hein?" E ela: "Unh"… Até que os cachorros latiram ao redor e as crianças que assistiam à cena gritaram que era dona Laura Dimas, "aquela" que, apesar do tempo, não conseguira aprender corretamente o português. As crianças fizeram um círculo à sua volta e aconselhavam: "É para falar, não para cheirar o gravador, dona Laura! Fale direito, fale direito… Isso é… gra-va-dor, não é hóstia. Fale em português, vovó! Fale em cristão! Fale, dona Laura!".

— É esse seu nome? Laura Dimas?

— N-m-e. La-ú-… Lau…!

— O que a senhora disse para dom Matias?

— Dom Ma…ti. Mis… Ca-chor-… ah!

Ela suspirava, querendo cheirar o gravador, objeto que parecia nunca ter visto. A mim, que deveria fazê-lo, era impossível descrever aquele suspiro. Parecia fundir a sonoridade de sua língua materna a um português mal aprendido que, sustentado numa velhice misteriosa, fazia de Laura Dimas o simulacro da índia civilizada e pecadora. E que ali recebia de dom Matias Lana outro simulacro, o de um perdão que a mim parecia também um tanto senil. Dona Laura Dimas disse o suficiente para que se pudesse pensar que escrever histórias que passadas às margens do rio Negro seria sempre como explosões de rápidos, suspensos e inesgotáveis suspiros. Ela continuou sussurrando o que seria perdão, perdão, perdão. Perdão?

Pendia do pescoço de Laura Dimas a medalha de Nossa Senhora Auxiliadora no colar de plástico com miçangas coloridas, viam-se as marcas dos enfeites aprofundadas nos seus braços e tornozelos, via-se a gente dali se espalhar pelas vinte ruelas do povoado, ou atravessando a praia para entrar nas canoas e desafiar aquelas águas como tranquilos bailarinos. Antônio Sávio e Mariana Aparecida passaram por ela, ainda prostrada na porta já fechada da igreja, mas não se importaram, pois havia tempos estavam acostumados a vê-la assim. Mariana Aparecida, com o ar recatado que o bispo tanto apreciava, ainda balançou negativamente a cabeça em sua direção, como havia passado a fazer desde muitos anos atrás, quando um medo rancoroso começou a invadi-la. A mestiça se envolveu na distribuição de picolés aos netos pequenos que a rodeavam até que um moço alto de camisa xadrez azul subiu as escadas para chegar até onde estava Laura Dimas. Ele carregava, atrás das costas, os rostos ainda interrogadores lançados aos forasteiros.

O moço olhou para o corpo de Laura Dimas buscando alguma fissura através da qual pudesse se aproximar, ultrapassando tempos, culturas, histórias. Vê aqueles nódulos de uma indianidade indelével espalhados nela e pensa se tais partículas estariam vivas ou quais teriam sido sepultadas para que ela ainda pudesse estar ali, com resíduos do passado interminável, com as catalogações perenes do presente, com o ar suspenso do que viria preenchê-la ou esgotá-la ainda mais; preencher seus sussurros estraçalhados para um mundo que pouco a escutava. Sussurros difíceis de discernir do barulho ensurdecedor das centenas de cachoeiras que circundavam todo o povoado, ao qual os missionários deram o nome de um santo: São Joaquim das Cachoeiras. Essa paisagem sonora emoldurava sua imagem, parada e exposta para que cada um fizesse dela a própria realidade e então afirmasse categoricamente que ela não fingia, que era real e legítima em todas as circunstâncias em que ali parecia estar, fingida e verdadeira em suas minúcias de fatos e histórias. Laura Dimas salpicada de séculos e misturando seus sussurros também ao ronco dos aviões, que agora pousavam mensalmente no povoado. Embora acompanhasse os seus, que saíam de madrugada e andavam horas para chegar à pista de pouso, ela nunca havia entrado em nenhum daqueles aparelhos, contentando-se em observar como os garotos e jovens saíam lá de dentro sorridentes e falantes.

Aviões passavam por sobre sua cabeça carregando mercadorias e remédios para a missão. Solas de sapatos dos contrabandistas de ouro e cocaína preenchiam o ar. Voavam as botas dos soldados que ali chegavam para reforçar a soberania do país, com suas fronteiras delimitadas por decretos e bandeiras que julgavam poder espalhar sobre as pedras, nas cercanias das cachoeiras e pousar na última árvore de tronco ressequido de uma fileira de seringueiras. Marcos assim fizeram os indígenas emaranharem-se na linha imaginária do equador. Limites inseridos em prescrições e avisos que eles custavam a obedecer, apesar de punidos quando os ultrapassavam.

# Voo

Um bimotor fez Laura Dimas afastar-se da porta da igreja e levantar o olhar para o céu, inserindo-se na lógica dos novos espaços e terras. Em seguida, levantou também os braços, que ficaram pendentes como o da ave na posição na qual não se discerne se levanta voo ou se se espatifará na terra. Muitas horas haviam se passado desde que o avião cruzara o céu, e ela ainda caminhava da mesma forma, oferecendo aos pássaros seu rosto desnudo de máscaras, jogando ao léu as frestas de sua penetrabilidade.

Para dom Matias, ela era absolutamente autêntica. Quando a viu pela primeira vez, ficou tão impressionado com seus cílios longos, separados e muito caídos como cortinas semicerradas que, de si para si, disse: "Sim, se parecem, ela tem algo de minha mãe". E, não se contendo, emendou em voz alta: "Esta com certeza será a índia mais fiel!". Laura Dimas, ele pensava, autêntica para as fotografias de índios aculturados, de índios em processo de aculturação, de índios civilizados, cristianizados ou pagãos, de índios sobreviventes e de índios extintos. Seu rosto, sem mais, serviria de comprovação do perigo e inutilidade de que outros assim, "parentes", diziam-se, tivessem suas terras demarcadas. Se eram meia dúzia de irracionais esqueléticos como "Olhem essa aqui, vagando tonta em cima do ouro"!

Há muito tempo a imagem de Laura Dimas, à sua revelia, vinha sendo absorvida em constantes recriações. Numa das reuniões com empresários realizada no gabinete da prefeitura, para onde certa vez a levaram acompanhada de três outros indígenas, recusou-se a sentar. Permaneceu de pé com os braços caídos, o corpo quase paralisado, embora os cílios enormes se movimentassem freneticamente, como se a carregassem para muito longe dali. Nas ocasiões em que os traziam para esses encontros, quase sempre convidavam também os jornais. Flashes explodiam contra o rosto de Laura Dimas, e pareciam aprofundar as rugas de alguém cujo silêncio denunciava a farsa ali montada. Três outros indígenas, tensos e cabisbaixos, tentavam se haver com o nó da gravata arranjada às pressas, roíam as unhas e se envergonhavam da mais velha, com sua franja mal cortada, seu vagar, para eles, insípido. Olharam para o empresário, depois para o político e para o jornalista. Um deles pegou coragem, empostou a voz e disse:

— Essa é um mal, atrapalha a modernidade.

— É, ainda acredita em pajé e feitiço.

— Não, ela já acredita em Deus. No Deus cristão. O de dom Matias.

— O certo é que atrapalha, pois ajuda a desperdiçar riqueza. Atrapalha a vocês e ao faminto povo brasileiro — disse o político.

A presença de Laura Dimas foi registrada em outras reuniões parecidas, depois das quais ela mantinha o infalível hábito de caminhar com o rosto jogado para trás, seguindo nuvens por onde passavam os aviões, devagar e sem tropeços, até entrar na mata carregando a universalidade terrível, plena, constrangedora e triunfal de necessitar da morte, de uma banalizada paralisia do coração, para que a existência fosse completa.

Eu, que anotei o horário em que o moço de camisa xadrez azul se aproximou de dona Laura Dimas e começou a segui-la, que anotei o ano da construção da igreja e o número de livros que haviam sido queimados para que, de uma fogueira incombatível, sobrasse apenas uma fumaça rasteira que se extinguia, achei que as nuvens eram molduras de rasgos luminosos de céu. E segui procurando quem soubesse algo sobre Maria Assunção Augusta, uma cabocla que vivera ali, contando histórias primevas.

# Cuspi!

Quem mais sabia sobre Maria Assunção e como aconteceu o episódio disse que, durante sua primeira noite na prisão, ela não conseguiu ser suficientemente perspicaz e que havia permanecido ereta, sentada num banco, até que veio o atordoamento, depois de os guardas terem lhe oferecido um frasco dizendo que era para espantar as muriçocas, mas quando o líquido escorregou pelo seu pescoço e pelos braços ela, assustada, sentiu na pele o peso da urina desconhecida. Eles estranharam que, apesar de ter ainda forças, ela não começara a esmurrar as paredes, a gritar ou chorar alucinada, que era como diziam fazerem os indígenas, os garimpeiros ou as prostitutas, também os bêbados em geral, como os que berravam nas celas ao lado. Não obstante, muitas pessoas, de acordo com suas próprias fantasias, escutaram, disseram, gritaram, insistiram ou escreveram que foi exatamente dessa maneira que ela reagiu.

Os guardas estranharam também que ela não tivesse apenas se encolhido num canto da cela, parecendo grunhir como fez o indígena Alvarenga Castro, um Baressana colombiano de Mitú, ou como tinha acontecido com um tal Severino Lopes. Ou que não tivesse simplesmente dormido com o cheiro de urina desconhecida na pele, como já acontecera com um inocente preso por acaso, e que havia passado tanto tempo encarcerado que, quando saiu de lá, sequer conseguiu lembrar-se dessa tenra humilhação.

Ela permaneceu tão impassível que, entre sorrisos, os policiais acabaram lhe contando que pregavam peças tais para quebrar a monotonia daquele lugar que eles consideravam atrasado. Mais do que atrasado, insuportável, pois o barulho perene das centenas de quedas-d'água que o circundavam lhes parecia ensurdecedor. Maria Assunção reconheceu na gargalhada dos policiais o mesmo tom que faziam quando esbofeteavam e arrancavam o cabelo das mulheres indígenas. Nessas horas, era melhor ficar daquela maneira, parecendo impassível, sentada num banco.

Quem mais soube dessa história conta ainda que a cela ficou tão desmesuradamente escura e talvez tenha sido o medo que a fez delirar tanto, até que preferiu ver pétalas de rosas estourando do teto. Não eram poucas pétalas nem todas as pétalas do mundo. Eram mais do que todas as pétalas existentes na terra passando ávidas pela sua retina em claridades minúsculas que pousavam como estampidos no chão. Ela as pisoteava, e o cheiro perfumou as paredes, atravessou as grades da cela e invadiu o povoado, salpicando os olhos azuis dos quadros centenários, pintados sem esmero, da sala de visitas de dom Matias Lana; o cheiro invadiu a casa do delegado, que dormira preocupado com ela, e invadiu também a consciência da juíza cheia de caprichos que ordenara sua prisão. Mas a juíza se virou comodamente na cama, achando que eram as cotidianas inconveniências comuns do calor excessivo e dos mosquitos dos trópicos. A consciência dos mosquitos zumbindo rondava a cama daquela linda e sensual mulher, cheia de autoridade, poder e capacidade para torturar. Maria Assunção jamais a absorveria como personagem útil para suas histórias. A juíza arranhava pensamentos. Oferecia opções de suicídios e assassinatos.

— Quem não se conforma com o que vê, pode ter uma rápida opção — e apontava, com as unhas longuíssimas e vermelhas, as águas vorazes do rio.

Conta-se que havia sido assim até que deu a hora da Ave-
-Maria, que ali era tocada várias vezes, de acordo com o desejo do bispo. Então dom Matias Lana, como era seu costume havia mais de trinta anos, tocou o sino das seis horas, para
que o dia oficialmente começasse. Meio sonolenta, Maria Assunção ouviu a voz familiar de dona Laura Dimas, que vinha
vê-la encarcerada. Reconheceu a lealdade dela, quando, com
seu costumeiro vestido cor-de-rosa e a mão esquerda levan-
tada em sua direção, lhe ofereceu um abano de palha, suspirando, suspirando como sempre.

Muitos poderiam pensar que dona Laura repetia seu misterioso perdão, porém ela interrogava onde estavam, por onde
andavam ou o que teria acontecido com aqueles rostos que
não voltavam, que não estavam ali a seu lado, por que apenas
o de Maria Assunção, por que apenas ela estava ali se, como
tantos viram, haviam partido tão juntos. A índia Laura Dimas, com sua pele lustrosa de tanto ressecamento, perguntava, necessitada de um encontro de ancestrais.

E Maria Assunção, de boca sua, contou que "depois disso,
depois da música que ouvi no órgão, das badaladas e das visitas, comecei a varrer o chão de pétalas pisoteadas e passei a
mão pelos meus olhos, que ardiam tanto que pensei que não
fosse enxergar nunca mais. Parei para enxugar o suor do monte de cabelo que eu ainda tinha, e os guardas ficaram olhando. Eu tentava, mas não conseguia, porque ninguém consegue
enxugar o suor de uma noite eterna. Fiz uma trança enorme
e num gesto tão rápido e automático que eles se admiraram
de que fosse possível, daquela maneira, fazer algo tão perfeito. Eu tinha aprendido a me arrumar assim por causa das
freiras, que se irritavam quando eu me demorava para acordar e entrava na missa atordoada, porque, enquanto todas as
índias internas já haviam tomado banho, eu continuava sob

o mosquiteiro, moldando, lembrando, repetindo e contando primitivas histórias".

Foi nessa hora que ela começou a sentir também o peso do corpo de Catarino, indígena que perambulara pelos hospícios de Miraflores e de Manaus e que agora fora acolhido como zelador e faxineiro da prisão. Passando por detrás dos guardas, ele a olhou como olhava para a comida que engolia faminto. Catarino tinha os pés e as mãos imensos, frios, e seus olhos lacrimejavam como os de um animal capaz de devorar sua presa lentamente, com cuidado instintivo e minucioso, para que ela morresse sem grandes ferimentos.

Chegaram homens carregando um homem sujo e maltrapilho. Deixaram-no caído no chão, desacordado. Tinha as características exatas exigidas pelo coronel que havia estado na região e estabelecido como os "índios" deveriam ser: morenos, cabelos lisos, olhos puxados, estatura baixa ou mediana. Adivinhando, Maria Assunção pediu que o prendessem apenas. Quando menos viu, botas moíam o queixo inerte do homem, e ela sentiu uma compaixão violenta. Suplicou que não o matassem. Os guardas cessaram o espancamento, vieram em sua direção e ela, Maria Assunção, pôde, anos mais tarde, contar: "Cuspi no rosto deles. Eu cuspi com uma dor tão de dentro de mim que eles choraram. Cuspi com a força da criança que ainda vê limpidamente".

Os guardas choraram muito tempo ainda, colapsados. Depois, desapareceram. O rosto do homem caído no chão ficou também salpicado de pétalas. Catarino passou a mão nas chaves, abriu a cela e desceu com Maria até a beira do rio. Ela olhou para as correntes de ondas negríssimas, ciente dos perigos, e passou equivocadamente a acreditar que, quando alguém consegue escapar da morte, acaba sempre a reconhecendo pelo faro. Tocou-se, constatou que estava inteira e, com o coração pulsando febril, mergulhou nas águas e se livrou como pôde do cheiro daquela cela.

Uma lancha de turistas surgiu ao longe, subindo rio acima, contra a corrente. Maria Assunção venceu a hesitação e conseguiu acenar. Eles a fotografaram. Decerto terão visto apenas mais uma cabocla, com o rosto pálido, com sobrancelhas negras, espessas e reluzentes, sentada numa pedra, dando adeus, como era costume das mulheres do lugar.

As mulheres dali esbanjam mesmo em adeus, cerram os braços quando desejam e correm com o coração na palma dos pés. Não a viram como alguém necessitando de socorro, que pedia "Pelo amor de Deus, levem-me daqui!". Era como se as palavras — que depois também lhe saquearam — não estivessem mais na boca, e sim num oco qualquer do corpo. Ela seguiu olhando para o perigo das águas e nem percebeu que a secura em sua garganta era um sintoma de que começara, aos poucos, a morrer. Soube-se no povoado que dom Matias Lana chorou duramente por ela.

# Maria de quê?

Essa atitude inédita do bispo sobreviveria muito tempo ainda, compacta na memória do povoado. Já isso apontava que dom Matias era quem poderia dar informações mais precisas sobre a causa daquela prisão com tantas e variadas versões, colhidas inclusive em países distantes. Dava para pensar que, na realidade, Maria Assunção sequer existira, que não passava de um personagem fictício.

Dom Matias tinha orgulho da quantidade de chaves que possuía, penduradas com cuidado nos dois lados da porta lateral do seu gabinete, o que causava admiração, pois eram chaves de tantos tamanhos e muitas tão enferrujadas que a curiosidade indagava se ele não confundia fechaduras, se não forçava portas erradas, se não corria o risco de se trancar num daqueles labirintos da missão e se tornar um homem desaparecido para sempre.

Ele começou contando sobre aquele pássaro colorido que, com seu bico alaranjado, talhado com uma listra negra, produzia um canto com metamorfoses muito repentinas e capazes de surpreendê-lo sempre, apesar de a ave estar com ele, naquele gabinete, desde que ali chegara.

Como eu estava impregnada da história de Maria Assunção, não consegui mais escutá-lo, concentrei-me na possibilidade de que ela pudesse aparecer subitamente naquela porta de madeira azul diante da mesa de dom Matias.

Procurava um momento no qual o bispo, agora entusiasmado em mostrar a contabilidade das doações e dos novos cristãos, pudesse ouvir uma pergunta. Fingindo tomar notas do que dom Matias Lana dizia, registrei detalhes do lugar, e pensava que a tarefa era tão interminável como eram imperceptíveis as histórias que contavam a quem meramente passava pelo local, sem nelas pôr reparo. A caminho dali, havia serras de diferentes formas. Numa delas os missionários viram a silhueta de uma mulher deitada, com os seios empinados para o céu, e a denominaram de "A Bela Adormecida". Prestei atenção também nas alterações que o início da enchente provocava na vida das pessoas. Naquelas noites, rajadas de ventos impediam lamparinas e velas de permanecerem acesas, enquanto traçados de relâmpagos percorriam paredes, chãos, tetos, viravam zigue-zagues em rostos descobertos, substituindo a fugacidade da lua. A lua ali era alma inconsequente, que se introduzia em corpos, abria picadas nos espíritos, dilatava veias nas testas dos semblantes adormecidos e, depois, sumia gargalhando, como se nada tivesse feito àqueles humanos.

— Dom Matias, o senhor conheceu uma mulher chamada Maria Assunção Augusta? Uma que partiu daqui ainda criança e no mês passado voltou, mas a juíza...

— Não, não, eu não me lembro. Há crianças que o povoado esquece rápido, elas somem com a primeira rajada dos ventos. A ventania está levando tudo por estas noites, não é? Essa mulher eu não sei. Há milhares de Marias espalhadas ao longo deste rio. Quando cheguei eram poucas, muito poucas... posso lhe confirmar...

E então os olhos do bispo piscaram por um tempo tão longo que preferi fazer de conta que não percebi. Desconfiei de uma melancolia de saudade invadindo aquele cômodo, que ficou escuro apesar do janelão escancarado, por onde entrava um sol vibrante.

Uma indígena surgiu na porta perguntando por uma correia para máquina de costura que ele lhe havia prometido. Dom Matias, com paciência, pôs-se a explicar para a mulher como o artefato era fabricado e da dificuldade de chegar à região. Até se desculpar ele se desculpou, e o fez também sem pressa. Ela aproveitou para saber sobre comprimidos para malária, remédios contra verminose, sobre vitaminas e, assim, se passaram longos e pesados minutos. Era explícito que ele tentava retê-la ali, e ela também estranhava tanta atenção para questões que dom Matias costumava responder sem sequer erguer a cabeça.

— Não vá, não vá ainda, por favor. Espere, deixe eu anotar seu pedido. Traga esse papel quando voltar, para que eu saiba o que devo lhe entregar e as informações que preciso lhe trazer. Seu nome é Maria de quê?

Ela respondeu, pediu "Dê-me a bênção, dom Matias" e saiu sem falar comigo e nem mesmo levantar os olhos em minha direção. Um choro de lágrima seca recobria a face do velho sacerdote, luzia em cada vinco, e não lavava dali uma grande inquietação.

Um pouco mais eufórico, ele retoma, volta à carga com seus dados estatísticos, tudo para não dizer, para esquecer o que dentro de si repetia "Ah, Maria Assunção, saia de mim, não me deixe viver além ou aquém disso… viver fora desta missão, moldar histórias pode ser perigoso e provocar estranhas marcas… me deixe assim, em fim de calmaria, porque agora não é mais tempo de se rasgarem mapas ou fazer de conta que se perdem bússolas".

— Pois bem, em 1985 foram batizados setecentos e sessenta índios de um até seis anos e trezentos e setenta e dois após esta idade. Tivemos duzentos e oitenta casamentos, cento e duas mil e oitocentas comunhões, quatrocentas e vinte e duas eucaristias, cem emulsões dos enfermos e trezentas e uma crismas. Das crianças batizadas, trezentas e oito receberam o nome de Maria. Observe: Maria Etelvina, Maria Eugênia, Maria Bernadete, Maria da Esperança, Maria...

Ele se comportava como se tivesse combinado que só seria interrogado sobre questões cujas respostas estivessem à mão, e que fossem nítidas e claras, passíveis de ser confirmadas por aqueles papéis. E que tivessem ainda, por garantia, ensaiado suas falas, pigarreado para purgar a voz das inseguranças, medos e hesitações que pudessem atrapalhar um registro perfeito e inquestionável à pergunta: "Dom Matias, como foi o movimento espiritual da prelazia nos últimos anos?".

O bispo folheou uma cópia das estatísticas, repetindo que a nenhuma mulher ele havia batizado com o nome que eu procurava.

# Bico de brasa

Apagada da memória de dom Matias Lana, houve o deslumbramento que Maria Assunção sentiu quando chegou uma embarcação sem que ninguém estivesse esperando, num início de noite de domingo. Era pintada de verde e vermelho, e foi se aproximando devagar. Não a esperavam, até porque o jacamim, anunciador da chegada de forasteiros, voou em silêncio entre os outros pássaros e as araras, que, apesar de livres, não iam nunca embora daquele amplo galpão do cais do porto, onde irmã Isabel ensinava às mulheres indígenas trabalhos manuais.

Houve o entusiasmo que a chegada de embarcações sempre provocava no povoado, por causa da alegria estampada no rosto dos que voltavam, e saciavam ansiedades acumuladas, e do espanto dos que ali pisavam pela primeira vez, estarrecidos com a quantidade de água. E havia quem não regressava nunca. Por isso, durante as partidas, muitos sentiam calafrios nas tripas, o peito arfava, as lembranças passavam a ser sufocadas e se iniciavam esquecimentos e saudades. Respirações ficavam suspensas. Às vezes a espera se amparava na esperança do retorno, mas depois sucumbia à melancolia provocada por um certo nunca mais que impregnava as coisas e as pessoas e cujos pungentes, sensuais ou dolorosos segredos seriam guardados em silêncio.

Diante da chegada da embarcação, as indígenas deixaram cair os rolos de linhas e tubos de tintas amarelas, azuis e lilases com que coloriam naqueles tecidos brancos os estranhos desenhos que irmã Isabel meticulosamente fazia, como um Jesus de rosto comprido que deveria ser pintado com concentração e fervor, para que os lábios fossem muito finos e não lembrassem outra cor que não fosse a do vinho tinto. Irmã Isabel ensinava, durante as aulas de bordado e costura, que as meninas deveriam amar aquela pátria abstrata e sem guerras, ensinava os exercícios diários e penosos das renúncias e passou, também, muito tempo ensinando que pintassem uma mulher com uma roupa muito escura, que aparecia sempre como o perfil de uma ave e onde, no lugar de um bico, havia uma boca cerrada.

Um dia, pouco antes da chegada daquela embarcação, Rosa Maria, num ímpeto incontrolável, esticou o branco sombrio do tecido e começou a pintar uma minúscula e deformada borboleta, pousada no local do seio esquerdo. Irmã Isabel teve uma reação ríspida e inesperada. O perfil desenhado a lápis tornou-se um crânio de pássaro ressequido e miúdo, com poucas penas negras. Seu bico descarnado e mudo imobilizou a mão de Maria Assunção, que ficou sem poder mover os dedos com medo de estraçalhá-lo. O crânio foi se entranhando na sua pele suada, ela sentiu a garganta da ave com suas nervuras frágeis sumir na linha mais comprida da mão esquerda. Subitamente, perguntou se a freira já havia tido um bico de brasa. Irmã Isabel ficou petrificada, levantou o crucifixo no peito e repetiu que as meninas rezassem pela saúde do papa, que amassem o Brasil, pátria soberana e justa onde todos viviam mergulhados na paz.

— Irmã, a senhora já viu uma bomba? A senhora está viva, não é?

— Estou viva sim, Maria Assunção. Você não vê?

— Mas como sumiu o bico de brasa? Foi com a bomba?

— Não. Eu nunca vi uma explosão de bomba. Nunca vivi num país com guerras, onde ouviu isso? Agora baixe este braço e continue o trabalho. Não dê mau exemplo às índias, você é da missão.

— Mas como foi? Parece que eu vou saber, não vou?

— Talvez, menina. Sim, Maria Assunção, você parece que sim. Cuidado, a tinta está derramando, sua pintura pode estragar. Baixe o braço, sim? Não altere o rosto de ninguém.

Maria Assunção temeu fechar os dedos e torcer de vez o pescoço do pássaro. Submergindo, sentiu um inteiro arrepio, seus ombros encolheram, o corpo tremeu e ela esqueceu aquilo por longos anos.

# Por que vieste?

Era bonito aquele desconhecido que chegava com sua pele rosada e olhos inflamados de ter visto tantos mundos com suas calçadas sem fim. E tantas também eram as histórias que ele oferecia aos índios e aos missionários que, às vezes, ouvi-lo era correr riscos de perder as certezas do lugar em que se vivia.

Maria Assunção, Rosa Maria, Maria Rita e Maria Índia o rodearam, ajudaram-no a carregar as mochilas, imensas para elas, viram quando ele entrou no gabinete de dom Matias, naquele tempo em que lá brilhavam ainda reluzentes as chaves cuidadosamente penduradas nos dois lados da porta lateral, e observaram quando apertaram as mãos e começaram a falar naquela língua incompreensível. O desconhecido abriu então uma caderneta e se pôs a fazer anotações. Nada as impedia de imaginar o que ele escrevia nem que, a cada virar de página, algo nelas se excitasse, nervos, pensamentos e delírios, numa ebulição natural e excessiva da própria vida, que logo as meninas seriam obrigadas a estancar para que continuassem, ironicamente, vivendo.

Como se estivesse galopando, Maria Assunção apareceu furtiva atrás de dom Matias, que quando percebeu a expulsou da sala, ordenando que voltasse para o internato. Mas a essa altura já havia sido feita a única foto dela com ele, sorrindo para o desconhecido, que sorriu de volta, gostando da travessura.

As meninas iam aprendendo que aqueles estranhos gostavam de fotografar o leite que escorria das seringueiras, as vitórias-régias, as samaumeiras e, com o tempo, sabiam identificar quem procurava as borboletas, os macacos, as tartarugas, as malocas. Ficaram hábeis em ensinar aos forasteiros que tirassem as botas e aprendessem a andar descalços sobre as folhas úmidas, para que seus pés não se enchessem de bolhas, e que não se assustassem com algazarras mata adentro, pois eram apenas guaribas, ou Lauriano Navarro, que, quando se aborrecia, imitava o barulho das cachoeiras.

Certo dia o estrangeiro apareceu com uma foto de crianças e de uma mulher loira que sorria entre elas. Um sinal de tristeza surgiu em seu rosto. Maria Assunção sujou a mão direita de urucum e impregnou uma página do dicionário de capa preta que ele sempre trazia consigo. Com seus dentes tão brancos, ele riu um riso contagiante, folheou algumas páginas como se em meticulosa procura, e repetiu, com a fala arrastada: "Cretina, cretina". Ela sabia mais ou menos o que isso significava, e ouviria muito ainda essa palavra, dita de maneiras diferentes, mas preferia ouvi-la sempre da maneira como ele a chamou daquela última e única vez.

Maria Assunção tinha certa ideia da imensidão do mundo, embora acreditasse que bastava entrar numa embarcação qualquer para se alcançar o lugar concreto de onde aqueles estranhos chegavam, medindo a terra, buscando as causas da negrura daquelas águas, aprendendo a sonoridade das línguas dos índios ou simplesmente contemplando, sem saber por que estavam ou como haviam chegado ali. Muitos ficavam doentes e passavam semanas no fundo de uma rede tremendo do frio e da febre provocados pela malária, alguns morriam nas quedas das cachoeiras, a maioria inchava das picadas dos insetos; só os missionários, naquele tempo, permaneciam suportando tudo aquilo. Outros chegavam, diziam que ali era o paraíso na terra mas iam embora e, quase sempre, para nunca mais voltar.

Surgiam.

— Por que vieste?

— Vim porque sou vidente e necessito de quem crê no destino. Esses índios bobalhões daqui dão conta disso?

— Por que vieste?

— Vim correndo da seca naquelas bandas de lá do Nordeste. Mas acho que aqui vou morrer desse dilúvio. Fiquei sem saída.

— Por que vieste?

— Vim porque fiquei surdo na Segunda Guerra. Carreguei neve até cansar de ser mais um fugitivo de bombardeios. Disfarcei-me de padre, acostumei-me com isso. Aqui encontrei refúgio e esqueci meu medo do fuzilamento.

— Por que vieste?

— Vim porque aqui é o lugar mais belo e puro do planeta. Enternecem-me os animais, o cheiro da mata, essas árvores gigantescas, essas pessoas que respiram o ar tão límpido e falam sempre nos tocando. Olhe esses peixes coloridos, olhe as cores das borboletas, olhe os desenhos mitológicos dos índios sobre as pedras, olhe, olhe…

— Por que vieste?

— Vim para ser exatamente isto: o bispo dom Matias Lana.

# Momento transpassado

A mão do estrangeiro ainda deslizava pela cabeça de Maria Assunção quando ouviram o barulho de trovões e relâmpagos e, naquele momento, dom Matias Lana já havia mandado que Lauriano Navarro a procurasse, pois sentia o mal-estar que sempre o acometia quando algo inesperado, como a chegada daquela embarcação, ocorria. Dom Matias sentia-se sonolento e, também, inquieto. Lembrava a si mesmo, andando pelos corredores: "Para quem sabe sonhar, os sonhos são mais perfeitos e perigosos do que a realidade".

Maria Assunção caminhou despreocupada atrás de Lauriano Navarro, mas chegou ofegante no pátio da missão. Brincara muito com o desconhecido, fazendo-se de animal quando pulava em seus longuíssimos braços, enrolando-se em sua cintura ou pendurando-se em suas costas como se seus corpos se encravassem através de cordas de compreensões capazes de fazer esquecerem o tempo cronometrado de dom Matias.

Apesar de tudo, ela nunca mais tornou a vê-lo, como ele, também, nunca soube o quanto custou para ela a tarde em que foi criança alegre e protegida, quando fecharam os olhos, molharam-se na chuva de pétalas e ela aprendeu que na Holanda existiam pastos verdes com vacas opulentas. Tão opulentas e mansas que guardavam ninhos em suas patas, deixavam que tartarugas desovassem em suas costas e se, por entre elas, dom Matias tentasse passar, desviando-se dos montículos de estrume, anunciaria, lívido: estas, sim, são livres de pecados e culpas.

Maria Assunção havia beijado pacientemente cada fio de cabelo daquele desconhecido, e ele a cobriu com um grave olhar quando ela começou a gritar: "Olha a macaca! Olha a macaca de boca aberta! Olha o olho dela! Olha a língua!". A macaca a fitava de maneira vibrante e parecia que tudo tinha ficado estático, exceto seus olhares, até que o animal balançou o rabo e Maria Assunção levantou o pé direito, e era então como se um perigo obscuro pairasse ao redor, algo muito nefasto, que causou ao estrangeiro violenta apreensão. Por um breve momento, ele sentiu que a macaca a atravessava, era então Maria Assunção com dois buracos imensos no lugar dos olhos, como se o animal tivesse levado sua visão e ambos seguissem vendo o mundo com o acontecido naquele momento transpassado.

Michel, esse nome que por tanto tempo permaneceu esquecido para ela, pressentiu que Maria Assunção se abastecia do mundo incomensurável contido nas coisas mais diminutas e triviais, e que engolia o sabor consistente dos seres efêmeros e fervilhantes. Mas ele, que tinha viajado e visto tanto, sentia calafrios ao aceitar esses contatos, já que eles podiam, ironicamente, lhe impingir uma forma irredutível de solidão, como havia acabado acontecer.

Dele, Maria Assunção recebeu cartões-postais e, embora tivesse pedido insistentemente que dom Matias Lana lesse em voz alta o que Michel lhe escrevia, o bispo não só se negava a fazê-lo como também nunca mais lhe devolveu aquelas recordações, que foram finalmente resgatadas por mim, narradora fatal desta história.

Eu me lembrava das palavras de Lauriano Navarro ao mesmo tempo que tentava seguir prestando atenção em dom Matias, que continuava a ler em voz alta, mas cansada, suas estatísticas de comunhões e pecados. Não havia chegado ainda o tempo de saber das consequências funestas que brincadeira tão banal com o estrangeiro ocasionaria.

Maria Assunção era uma menina que parecia ter nascido de uma onda solitária de rio e que, tendo partido dali com três indígenas que para lá não regressaram nunca mais, havia não apenas voltado, mas sobrevivido da mesma maneira que pareceu ter sido gerada. "Não se teme por acaso, não se teme por acaso", repetia o bispo dom Matias numa manhã em que entrou no refeitório para o desjejum e irmã Isabel, sempre silenciosa, percebeu em seu rosto liso com um nariz muito pequeno e perfilado a certeza de que nenhum outro mundo, além daquela missão, seria melhor para ele. O bispo cruzou os braços sobre a toalha muito alva, pegou o bule esmaltado, olhou para os pães que irmã Isabel arrumara num pequeno cesto e só falou quando padre Günter apareceu para contar o que havia lido nas revistas que raramente chegavam do exterior.

— É incrível, dom Matias, mas é provável que logo logo os americanos cheguem à Lua.

— Sim?

— Sim! Em poucos anos, sete, talvez. Pensado daqui, tudo parece mais estupendo ainda. Mas é certo que acontecerá em breve.

— Isso quer dizer que Deus se tornará ainda mais inacessível?

Irmã Isabel percebeu que padre Günter havia ficado desapontado, procurava mais alguém para conversar sobre o assunto, até que o bispo o interrogou sobre quanto tempo levaria para que a região fosse atingida por tudo aquilo que ocorria à distância.

— Ainda não sabemos. Tudo ainda é começo.

O padre tentou falar sobre ciência e aeronaves espaciais, porém dom Matias já fitava Laura Dimas, que entrou descalça no refeitório e com uma arara pendurada no braço. Ele se levantou e saiu tocando nos ombros da indígena, a única a quem permitia alguma proximidade e que, às vezes, o acompanhava em caminhadas pelas redondezas da missão. O bispo nem sequer ouviu o rogo de padre Günter, que ainda disse:

— Pelo menos leve em conta a fantasia que os americanos nos oferecem!

Depois, o padre também olhou para os pães, pensou como naquela manhã todos pareciam cada vez mais sozinhos, viu o rosto tão jovem de irmã Isabel e teve vontade de perguntar por que ela estava ali. Mas, para ele, saber sobre essas coisas naquela missão já não importava muito.

A freira se dirigiu para a horta onde as meninas esperavam e pensava no que ouvira: americanos, astronautas, progresso, sonhos. Maria Assunção e Rosa Maria caminhavam de mãos dadas perto das plantações. As duas meninas sempre despertavam muito sua atenção. A freira se lembrou dos perigos que correm aqueles que oferecem fantasias sobretudo quando, ao não conseguirem conter as realidades que delas emergem, veem se dissolver os sonhos daqueles a quem justamente desejavam tornar possíveis sonhadores. A freira observou que Maria Assunção e Rosa Maria tinham o rosto bronzeado de muito sol.

Quando, além de fazer anotações, descobri que precisava retomar do bispo o que havia pertencido a Maria Assunção, consegui encontrar restos de alguns dos cartões-postais que Michel enviara. Já estavam, então, com as gravuras quase totalmente evanescidas e palavras desgarradas como respirar, macacos, país, tempo, criança... criança.

O que jamais soube é que, um dia, Michel fumava seu cachimbo, lendo sobre navegações, quando alguém abriu o antigo dicionário e perguntou o que significava aquela mancha vermelha que lembrava uma pequena mão. Ele, já grisalho, olhou pela janela e, admirando alguns detalhes anatômicos das esculturas do parque defronte, respondeu que era recordação de uma criança que gostava muito de macacos.

Fechou os olhos como alguém que se lembra de algo, e na verdade se lembrava de tudo. Viu o rosto de Maria Assunção numa criança com um casaco de lã, que brincava em volta das estátuas. Lembrou-se da língua esverdeada do hábito de mastigar folhas silvestres, e dormiu tranquilo, estancado no tempo.

# Confissão impossível

O que acontecera entre Maria Assunção e aquele estrangeiro eram revelações que dom Matias angustiadamente buscava e que sempre lhe pareciam incompletas e mentirosas. Ele se encolerizava ao ouvir que tinham olhado macacos, tocado as pedras e imaginado o que elas sentiam, que haviam tomado um banho de pétalas de rosas. Soava como zombaria. Insistiu, "E o que mais?". Ela não sabia o que dizer. Nunca na vida aprenderia a responder perguntas assim. Até que gritou, enfezada:

— Sabe o que mais, dom Matias? Eu pedi pra ele me levar embora, pra longe, bem longe do senhor dom Matias... pra longe, bem longe, pra eu ficar olhando macacos e ficar tomando banho de chuva o tempo que quiser.

Ele sorriu sarcástico, que era o riso de quando sofria. Incomodava-o a capacidade inconsciente de Maria Assunção fazê-lo sofrer, de atormentá-lo com suas bobagens infantis e, talvez, abandoná-lo, como às vezes ocorria às crianças, deixadas nas sinuosidades desconhecidas daquele rio.

— Para que ir embora?

Ela respondeu que desejava encontrar vacas holandesas. O bispo explicou-lhe, olhando-a fixamente, que logo haveria pastos em algumas aldeias, assim como estradas, um hospital, escolas; muitas escolas.

— Mas eu quero as outras. As outras vacas.

— Você é daqui. E interna da missão.

— Mas eu quero ir.

— Para onde?

— Pra longe do senhor. Pra longe, entende? Lá, lááá... com as vacas holandesas. No outro mundo.

— Você também, Maria Assunção?

— Eu e as vacas.

Depois do distanciamento de Michel, ela teve tempo para observar o formato dos suores de outros forasteiros, que vinham também de muito longe e de quem ganhava páginas ilustradas com mapas, rodovias, aviões. Observou uma mulher grande, com pés e pernas rosados, que olhava para os índios, ajeitava os óculos muito finos que caíam na ponta do nariz e dizia a uma outra: "Mastigam, e é como se comessem". Lauriano Navarro ria, falando na língua materna: "Elas são sem juízo, precisam ser amansadas".

Dom Matias continuou exigindo a confissão impossível, mostrava-lhe o cartão-postal dizendo que o holandês já lhe confessara tudo. Maria Assunção tentava explicar que só tinham compreendido a necessidade daqueles rugidos de folhas profanando o silêncio. Ah, talvez faltasse isto — que Michel a fotografara abraçada com a macaca que havia transpassado seu olhar, antevendo o tempo em que não se distinguia mais de que lado cada uma delas estava.

Anos depois, o animal foi catalogado e enjaulado num zoológico, e era visto apenas como muito engraçado. Tão engraçado que alguns riam, a princípio olhando para a jaula. Ato contínuo, porém, olhavam-se uns aos outros até que, desapercebidos, tiravam a roupa e gargalhavam das cócegas que faziam em si mesmos. Enquanto a macaca, catalogada, olhava-os enjaulada.

# Segredo quebrado

Quando Maria Assunção partiu do povoado com as três outras crianças indígenas, o bispo respirou aliviado diante da decisão tomada de mandá-la embora imediatamente, para que não houvesse tempo de se arrepender. Ou para que ela não o enlouquecesse ainda mais, negando-lhe outros pecados, dos quais então não poderia fazê-la se penitenciar. Castigava-a pela mentira de não se sentir pecadora.

No dia em que partiu, dona Laura Dimas, que na época já tinha o costume de andar com o terço enrolado nos dedos, foi olhá-las no porto, acenando com seus braços ainda fortes. Maria Assunção não sentiu que a expulsavam dali. Excitada com a partida, apanhou de mau jeito a carta de recomendação que dom Matias escrevera de próprio punho no meio de uma noite inquieta quando teve sonhos confusos com a Itália e necessitou de um trago de vinho que, em vez de acalmá-lo, obrigou-o a descer a escada em forma de caracol e empurrar a porta, provocando aquele barulho noturno de chaves — o anúncio de sua passagem para o gabinete.

Passou direto pelo cômodo, iluminando o caminho com uma pequena lanterna que riscava breves fachos de luz sobre os documentos depositados nas estantes ao redor. Quando chegou ao pátio externo da missão e seus olhos atravessaram o jardim e a cerca baixa de madeira feita por Lauriano Navarro e Antônio Sávio, não obstante o luar, ele não conseguiu distinguir à sua frente o que era noite e o que era rio. Teve vontade de tocar o sino, para que todos acordassem e ele não fosse tentado a ouvir o silêncio, no qual não ecoava a confirmação de que ele era um bispo muito severo, absorvido em funções que o ocupavam cada segundo, como se fosse morrer no dia seguinte e tivesse de deixar um rio Negro sem resíduo nenhum daquilo que havia sido antes de sua chegada.

E se Rosa Maria tivesse tido coragem de atravessar o dormitório na ponta dos pés, tentando evitar que as tábuas rangessem, e abrisse uma daquelas janelas verdes que alteravam a lisura das paredes caiadas, se pudesse aguentar o sopro dos ventos que naquela noite balançavam as palmeiras e pareciam ter a força de deslocar as estrelas do céu, ela o teria visto de pé, magro e alto, usando um roupão branco, largo, e mergulhado num luar inclemente, que tornava límpido seu rosto demasiado fino e a boca cor de vinho tinto, como a de Jesus Cristo segundo o ensinado por irmã Isabel. O pensamento de dom Matias balançava sem apoio, como naqueles momentos em que o único amparo que se tem é a vertigem do próprio corpo em ritmo de queda.

Aprumou-se e voltou para dentro. No intuito de se acalmar, sentou-se ao piano do salão de cerimônias e tentou tocar velhas canções populares italianas que o acompanhavam desde a infância. Mas só conseguiu alguma serenidade quando executou uma série de músicas sacras, que sobrepujava todos os sons que ele não tinha coragem de ouvir, e cuja sonoridade o encorajava a não se remoer diante de decisões conflitantes como a que o fizera abandonar a província onde nascera, na Itália, e vir se fixar ali, temendo agora Maria Assunção, uma menina tão rude, apesar de não ter ainda sequer trocado todos os dentes de leite.

O bispo toca, seus dedos deslizam vibrantes e fazem tremular a galeria de fotos de todos os papas, ainda alguns bispos e governantes, espalhadas no pequeno salão com duas poltronas douradas de assentos em veludo vermelho. Os objetos, tão bem conservados pelas irmãs, davam a impressão de relíquias sagradas. Dom Matias Lana delira, seus dedos rebelam-se e ele nem percebe quando executa um soneto que Maria Assunção sempre pedia que fosse tocado quando na missão havia visitas ou cerimônias. Nesse momento, o bispo esquece suas mãos.

Normalmente, ele a considerava insuportável e, vendo-a falante entre as demais crianças, sob o olhar constante das freiras, pensava: "Por que a temo? Por que ela me deixa assim tão intranquilo?".

Dom Matias voltou ao gabinete e acendeu impaciente o candeeiro, que fez recender no ar o cheiro de querosene. Procurou o papel menos amassado, desencardido e sem o cheiro de naftalina, o que lhe tomou vários minutos, pois a umidade do lugar atingia tudo e as baratas proliferavam nos caixotes que ali chegavam das regiões mais distantes e desconhecidas. E assim, enquanto as crianças dormiam em lençóis alvíssimos, ele escreveu a carta de recomendação sobre Maria Assunção Augusta, ficando a cargo das irmãs as cartas de Rosa Maria, Maria Rita e Maria Índia.

Nem bem terminou, ouviu os assobios de Lauriano Navarro para a cadela preta e esquelética com a qual ia caçar todas as madrugadas. Atravessavam o que no futuro seria uma brancura alarmante de praia quando, naquele instante, o animal parou de segui-lo. Começou a farejar, rodopiava, sentindo o cheiro de segredos quebrados. Temeu o dono, latiu contra ele. Lauriano Navarro, considerado o maior caçador da região, acostumado a descobrir pegadas e sons encobertos, não compreendia mais o latido. Ela se retraía em sua solidão de cadela traída. Ele murmurou alguma coisa e seguiu adiante com seu cabelo arruivado, traço distintivo seu, a caminhar imitando, na garganta, o barulho das águas caindo. Abundantes águas caindo, caindo.

Os instantes seguiram-se assim: dom Matias Lana pensa, rigorosamente metódico, que é necessário subir para seus aposentos e descansar. Se possível, dormir. Mas não sonhar, porque quanto mais doces haviam sido seus últimos sonhos, mais atormentador fora acordar. Ele segura a testa, seus dedos, agora, estão borrados de tinta e os olhos parecem ter diminuído e ficado opacos — estão cansados de ser olhos de dom Matias Lana. O bispo os massageia, os dedos arrastam-se até a boca onde se movimentam descuidados e quase violentos, pois ele não quer carícias. Resmunga: pior do que alguns sonhos é o risco de não conseguirmos esquecê-los nunca.

Quando cessam os assobios de Lauriano Navarro, o bispo tenta mover os pés, enfiados em grossas meias de lã acinzentadas e nas sandálias escuras que chegam todo ano e sofrem inspeção detalhada de irmã Isabel. Ela verifica o alinhamento dos pares, a disposição das fivelas, a resistência do couro. Irmã Isabel empenhava todo o zelo em prevenir qualquer entrave no destino de dom Matias.

Devia ter um pouco mais de vinte anos quando começaram a vê-la concentrada e firme, segurando chumaços de algodão e, apesar do corpo frágil, ajudando a carregar pesadas padiolas. Com o tempo, passou a limpar feridas, aplicar injeções e fazer curativos. Suava como se a dor fosse nela, mas não demonstrava cansaço nem dó. Espantosamente, nunca teve nenhuma doença grave. Na verdade, não contraíra sequer as comuns moléstias tropicais.

Dom Matias Lana não pensa nela, mantém os dedos na boca, seus lábios doem, mas o bispo quase não sente. Enfim começa a relaxar, fica exaltado: "Minha cronometria, como pude esquecer-me dela?". Não é mais tão noite; clareia. Lauriano Navarro já passou. Dom Matias agradece: "Obrigado, Senhor, pela madrugada, pela manhã, obrigado pelo tempo, pelas horas, pelo dia, pela evolução do homem, pelo futuro, por minha força".

O bispo levanta-se e anda muito devagar, a circulação das pernas parece inerte, pesada; seus cabelos, de um castanho muito claro, estão desalinhados, e sobre seu roupão alastram-se dobras de tecido amassado. Ele se dirige solitário e triste até a área externa nos fundos da igreja, aproxima-se do sino e toca a primeira badalada, corajosa, tensa, profunda e decidida, como pequenos movimentos destinados a provocar catástrofes. Dom Matias hesita; para, novamente fatigado, segurando a argola de bronze. A ventania pode acercar-se até dessa indecisão e fazê-lo levitar, suspenso, rodopiante, e as badaladas do sino, então, explodiriam serenas pelas mãos de um menino magro e leve que se deixa seduzir pela brincadeira de ser um corajoso bispo cristão.

Dom Matias está com a cabeça pendendo sobre o ombro direito, ele não solta a argola de bronze mas se rende a um devaneio imprevisto e volta a ser o garoto vestido de marinheiro que olha a planície, os vales e as mulheres colhendo uvas com seus lenços coloridos na cabeça. Enquanto as espera, permanece envolvido com seus instrumentos da banda escolar.

É a isto que dom Matias se entrega: à lembrança de quando fazia dó, ré, mi, fá, sol, lá, si, dó... e as ovelhas respondiam si, lá, sol, fá, mi, ré, dó, si... até que a colheita acabava e as mulheres lhe ofereciam uvas. Esticavam seus aventais diante dele e perguntavam: "Ainda aí, Matias? Você precisa correr para desenvolver o físico, desse jeito vai virar poeta ou maricas". E em casa os homens diziam: "E para que uma Itália escoriada e miserável precisa de mais um poeta? Para que eles servem? Corre, Matias, prepare-se para lidar com os fornos, com as máquinas das fábricas, com as armas. É disso que o país necessita depois de uma guerra. Poetas, ah...!". "Caso não consiga suportar viver assim, Matias, procure o sacerdócio. Que lhe falta para isso?", replicavam as mulheres. Matias ouvia tudo olhando aquelas mãos ágeis e fortes que derramavam as gemas dos ovos sobre o trigo e fortemente comprimiam a massa para o pão. "Ouviu, Matias?"; "Acorda, Matias; acorda, garoto."

Mas agora ele está aqui, nesta madrugada, recordando-se do tambor com desenhos de gatos e elefantes, até lhe assaltar novamente o perigo de tentar dormir, e isso o leva a querer saber — a ansiosamente querer saber — por que se pode viver até nos sonhos. "Senhor, por que se pode viver até nos sonhos se não podemos premeditá-los nem corrigi-los?" Ele fica aborrecido com a intensidade do que o persegue. Necessita, mas não consegue sonhar que morre.

Ao longe, Mariana Aparecida ouve aquela primeira badalada, mas o que a faz acordar é o susto de Antônio Sávio sacudindo a rede a seu lado, completamente desperto, atingido pelos terrores inocentes do bispo. Um medo rancoroso a atravessa e ela tenta fazer o marido dormir de novo, mostrando pelas brechas da parede de paxiúba que ainda não podia ser manhã.

— Está ouvindo, Antônio Sávio? O latido da cachorra nem sumiu de vez. Sobra tempo pra dormir.

— Mas não é a cachorra de Lauriano, é outra.

— Mentira. É a dele mesmo.

— A de Lauriano não late desse jeito.

— Mas hoje sim. Hoje sim, eu sei. É latido de cadela deixando de acreditar. Eu sei, eu sei.

# Tempo, reduto de mim

A perturbação de dom Matias em sua fuga contínua daquele momento fatal impulsiona na madrugada do povoado mais duas badaladas, que instigam Antônio Sávio a observar o céu ainda estrelado e sem indícios de chuva. É estranho que ainda não tenha terminado a noite, mas, se o sino tocou, é porque já é dia e ele deve apressar-se para estar no horário certo diante do bispo.

Mariana Aparecida sabe que agora o marido há de se levantar de vez, apanhar a camiseta surrada sempre pendurada no punho da rede, vestir a calça de náilon listrada com vinco permanente, calçar umas alpercatas escorregadias que já ganhou gastas na missão, abrir a tampa dourada da loção ordinária guardada no fundo da mala, pentear-se olhando-se num pedaço de espelho que ainda deve ao regatão e ir-se embora quase correndo, para voltar só após as badaladas do final da tarde. Voltar e ficar contando, prolongando os detalhes, extasiado com tudo que vira, com tudo que irmã Isabel dissera, com tudo que fizera.

Ontem havia ficado repetindo:

"Mariana, vi irmã Isabel passar roupa, um monte assim. O ferro era pesado, ela abanava, soprava muito, caía suor da testa dela, mas ela não suava. Ela se sujou de carvão, mas não se sujava, não sei explicar. Ela foi arrumando a roupa, bem dobradinha, tudo alvinho. Tinha roupa da missa, roupa do bispo, tudo limpinho. Ela ensinava, ensinava, mas as índias não aprendiam, sujavam tudo. Mariana, eu queria que tu fosses tu, Mariana, mas que fosses igual à irmã Isabel, limpinha."

Antônio Sávio contou também que às vezes a freira enterrava os pés no charco, sujava-se de mercúrio e lodo, ou, quando um riacho enchia subitamente, atrapalhava-se com o hábito comprido e encharcava a barra das vestes, mas mesmo assim era como se chegasse sempre limpa e enxuta para atender os doentes nas aldeias.

Mariana Aparecida lembra-se disso, treme de seu medo rancoroso e age contra as ressonâncias do que ouvira. Age para que Antônio Sávio se rebele contra os desejos da missão, contra aquela maneira de ele ficar pedindo, cada dia mais submisso e maculado diante de dom Matias. Ela recebe um pouco do frio nos lábios entreabertos, protege os seios até os bicos ficarem endurecidos e continua estimulando o ventre, o pescoço, e tudo quanto possível naquele ser que nela emerge. Fica pronta para receber Antônio Sávio, instiga-o e, quando ele a toca, seus dedos já sentem a umidade provocada pela vertigem do desejo.

É inútil ultrapassar o momento, Mariana Aparecida o cerca e ele começa a afundar, afunda lento naquela mulher que o leva a enterrar-se nela cada vez mais. Está terrivelmente lúcida prolongando o êxtase, retardando o orgasmo até que, vencidos, percam-se lá, no inatingível aonde vão, onde só eles sabem como chegam e como é transtornante e demorado regressar. Que essa demora vença dom Matias: Mariana acaricia Antônio Sávio, jogado sobre ela como um touro desmaiado — um touro pelo qual ela luta para que não se renda à realidade invasora e massacrante da missão.

Mariana Aparecida o olha com seu amor direto e profundo, toca a mecha de cabelo que sempre lhe cai pela testa — mas ele se intimida com a beleza retida nesses momentos. Ele não sabe o que falar, a intimidade de Mariana Aparecida sempre lhe é estranha, ela se torna uma outra a quem ele não sabe mais o que dizer e por isso a beija, ele a acaricia demais, ele a segura febrilmente, roçando nela sua estranheza. Enquanto isso, dom Matias, alquebrado, prepara-se para a rotina de um dia que amanheceu hesitante e interrompido.

O garoto que olhou planícies e parreiras agora se ajoelha na grama, olha a revoada dos pássaros, observa que logo as serras estarão ainda mais nítidas, sente que tem fome (dom Matias sentia náuseas e muita fome), e então cruza os braços, forçando os ossos dos ombros, e implora em direção ao sol que virá: Tempo, reduto de mim, larga-me, larga-me, larga-me!

# Sem escapatória

Dom Matias avisou que ela dobrasse direito a carta, para que não a perdesse ou amassasse na desorganização que existia no interior das embarcações. Deu-lhe a bênção, com insuspeitável carinho, aconselhou-a que deixasse de ser tão arredia e tivesse bons modos, que não esquecesse de fazer sua trança, o que evitaria, inclusive, que ela passasse piolhos para as outras crianças. Ele sentiu então os lábios dela tocarem as veias saltadas, pulsantes, do dorso de sua mão. Nesse beijo, a boca de Maria Assunção tocou também o ramo de oliveiras incrustado no anel que o bispo usava. Imediatamente, ele desejou que a menina fosse feliz, mas não pediu que um dia ela voltasse.

Maria Assunção zelou do pedaço de papel onde, sem saber, era exposta como uma criança de má índole e capaz das mais ardilosas mentiras. No mais, o bispo foi sincero: não sabiam com certeza sua origem, pois ela vivera rio abaixo, rio acima com um caboclo que havia perdido uma perna em consequência de uma picada de cobra e era amasiado com uma indígena velha, procedente do outro lado da fronteira, que usava cabelos muito longos e sacudia muito o peito para rir em gargalhadas debochadas que dom Matias chamava de "risos escandalosos e crus". O caboclo a chamava simplesmente de traidora, porque acreditava que estava no sangue dos indígenas o hábito de trair, já que ele mesmo, seringueiro e contrabandista de peles, vinha se salvando de emboscadas durante muito tempo.

Pelo que as religiosas ouviram, a mãe era uma mulata magra que tinha os dentes muito bons. Chegou com Maria Assunção ainda recém-nascida nos braços, jurando que a bebê era neta do casal, e eles por intuição acreditaram. Disseram à irmã Maria José que a trataram como uma neta legítima, ainda assim de imediato aceitaram que as religiosas a trouxessem para a missão. Não fossem as freiras, aliás, seu destino seria prejudicado por aqueles dois irresponsáveis pagãos.

Em sua carta, o bispo relatava ainda que Maria Assunção gostava de soletrar pedaços de histórias que eram deixadas por acaso na missão e pedia aos visitantes qualquer livro ilustrado, sendo necessário, por isso, que vigiassem suas leituras. As freiras na verdade suspeitavam que ela nutria um ódio profundo pela missão. Davam como prova cabal disso uma ocasião em que Maria Assunção vomitou escandalosamente na hora do almoço, diante de todos e de uma maneira que parecia proposital, porque enviava olhares furiosos à irmã Maria José.

Elogiavam-na, porém, já que, apesar de tudo, tinha sido de muita serventia pois não aprendera a falar muito bem sua língua nativa, e isso era um trabalho a menos para os missionários. Dom Matias concluía dizendo que às vezes até ele gostava de ouvir suas invencionices e, já que ela era assim, talvez servisse para ser babá, acalentando crianças com lendas que eles, na verdade, suavam para que os índios esquecessem e deixassem de acreditar. Lendas e mitos que os padres, desesperados, achavam que fossem pueris e absurdas por viverem, aqueles idólatras, num ambiente de solidão majestosa quase esmagadora. Muitos índios lembravam que o bispo a chamava para ouvir suas histórias quando lembranças desconhecidas perturbavam sua calma.

Na manhã daquele mesmo dia, Rosa Maria havia sido castigada por uma falta tida como sem desculpa. Maria Assunção, porém, sabia que reinava ainda o escuro da noite quando a amiga acordou de um pesadelo em que padre Geraldo aparecia com o rosto do demônio e, com a permissão das freiras, entrou no dormitório para lhe arrancar uma sacolinha de pano, costurada por sua avó, Laura Dimas. Nela estavam guardadas sementes de seringa, pedaços de fio do tucum, anéis de plástico e bugigangas ganhos na festa realizada no barracão coberto da missão, num dia em que dom Matias sorria bastante, passava a mão na cabeça das crianças, elogiava as façanhas de Lauriano Navarro como caçador e apertava a mão dos nativos que voltavam para suas aldeias levando panelas, pacotes de bolachas, açúcar e sal.

Rosa Maria estava no meio da cama com a camisola que as freiras costuravam para as internas e cuja única distinção era o bordado com as iniciais do novo nome cristão de cada uma: R. M. Ela chorava sem parar, debatendo-se na poça de líquido sutilmente denunciador. Foi obrigada a passar quase toda a manhã ali, recebendo os olhares das outras indígenas, que sob ordem e supervisão das irmãs subiam alternadamente para que vissem e aprendessem através daquele castigo que não deveriam acordar à noite causando incômodos e, muito menos, ofender os padres que, para salvá-las da barbárie e dos massacres, haviam abandonado pátrias e famílias, arriscando diariamente a própria vida numa região onde os crimes podiam ser escondidos até pela lassidão.

Maria Assunção, naquela manhã, ficou todo o tempo ao lado de Rosa Maria, observando como era singular seu rosto muito redondo, de lua cheia, e como isso realçava a estranheza dos seus olhos e da sua boca, que pareciam traços horizontais quase imperceptíveis. Rosa fingia esconder a urina, e o jogo entre as duas transformou aquele resto de pesadelo num animal que tinha penas coloridas. Elas riam agarradas nos lençóis, desarrumando o mosquiteiro com as asas que rompiam o teto azul.

— Rosa Maria, índia mijona, olhe esse voo assim... dá coceira na barriga!

E a boca de Rosa se esticava até se transformar numa linha ainda mais reta, que ultrapassou de longe as bochechas, e a cama molhada era resultado de tanto rirem, porque um mundo assim, com aquele perfil, era realmente muito divertido e encantador.

Mas na hora do almoço, com o olhar abatido e arroxeado, ela dava repentinas convulsões, sempre num romper de choros, e agarrava com mais força a sacolinha costurada com pontos enormes e mal alinhados. Não sabia o que fazer, exceto agarrar com violência as alças encardidas, quando irmã Maria José, que coordenava as missionárias naquela missão, perguntava se estava arrependida do que fizera, e apontava para a sacolinha, chamando-a de criança mentirosa e pronta para um destino de infernos e sem escapatória.

# Escrever também é sangrar

Aportaram em Manaus, cidade cheia dos resquícios inteiros daquilo que havia espantado o naturalista inglês Alfred Russel Wallace, que, em 1849, ao passar por lá, registrou como era desagradável percorrê-la à noite, devido aos altos e baixos de seu terreno irregular, cortado por igarapés e pontes. Estava lá, entre os restos de muralhas de quando a cidade era apenas uma fortaleza contra os invasores, a quantidade imensa de urubus que tanto havia espantado o francês François-Auguste Biard, assim como a outros viajantes, cronistas e cientistas, que se desesperaram pela forma como a população da região movia-se no tempo, criticando o fato de que cada habitante parecia dispor de quarenta e oito horas por dia.

Iam chegando quando um homem erguia o braço fazendo uma força enorme, como se seus ossos fossem punhados de pedras, mesmo que ele segurasse apenas um filhote de sardinha que não pesava sequer duzentos gramas mas que era o resultado de uma noite inteira no sereno. Ele exibia a pesca chorando corajosamente como um bebê, enquanto mulheres e homens que o viam gritavam que ele era um maricas! Um covarde! Um inseguro e fraco pescador que não conseguia amedrontar sequer alma esmigalhada. Margarida apareceu na multidão com algo que parecia um tomate e jogou-lhe no rosto, chamando-o de Fraco! Criminoso! Estúpido! Aquele voo, que atingiu seu sentir incomensurável e fez com que as sementes escorressem por seu rosto suado, denunciava que ele não seria nunca mais um homem sem fragmentos, embora momentâneos, daquela mulher desconhecida e efêmera em sua vida.

Margarida voltou para sua banca de verduras, rasgou um pedaço de jornal ainda resmungando, atendeu os fregueses e voltou para casa ao cair da tarde; lavou os pés inchados, dormiu e sonhou que havia pombas e todas as canoas impedindo que pessoas atravessassem um rio. Dias depois, encontrou o homem, lembrava-se vagamente daquele rosto, disse-lhe "bom dia freguês" e nem sabia que o agredira porque, entre a pele e a carne do seu rosto, havia milhares de sementes soterradas.

Ele pensou: como ela é irônica. Ela pensou: como ele é bruto. Mas sorriu feliz, brincando com uma bala de canela que lhe refrescava a boca.

Estavam atordoadas, havia muito pouca luz e tudo era capaz de surpreender Maria Assunção, inclusive a mulher em roupa de seda e chapéu florido que tentava ultrapassar a poça d'água com seu sapato de veludo parecendo um pedaço gasto de lua. A mulher, que tinha trinta anos e parecia gostar de jogos humanos e do cheiro de línguas insanas, continuou passando pela multidão, sem perceber os estragos recentes em sua roupa e nos braços, que ficaram salpicados. Seus passos aumentavam de velocidade cada vez mais, ela começou a caminhar quase correndo como se quisesse salvar a miragem de uma cigana metafísica que se distanciava dela a cada passo. Foi necessário que alguns a chamassem repetidamente, entre a multidão, onde estavam homens que ficavam com os corpos enegrecidos dos sacos com carvão que carregavam nas costas e outros com tabuleiros de peixes e vísceras sobre a cabeça.

Então ela parou exausta, enquanto outros observavam como as palavras escorriam sem diplomacia pela sua boca, articulando, entre rápidas paradas de risos suaves, trechos soltos escritos por Letícia Santos sobre "nós e nossos símbolos, nossos projetos e arquiteturas voláteis em meio a um presente fatal".

Aquela mulher apertou a testa como se tentasse recuperar um esquecimento impossível, pediu docemente que tivessem paciência, que a desculpassem pelas frases que não acompanham os gestos, e sobre o "aprender com o dolorido dos códigos incompreensíveis". Ela reconhecia na multidão quem ternamente aceitaria seus hálitos após longos desaparecimentos e, assim, começou a jogar folhas e mais folhas de papéis com palavras escritas, com frases soltas que se espalhavam pelo chão daquele mercado, despertando um silêncio tão inócuo que só foi quebrado quando ela ia levemente sumindo e Rodolfo, o açougueiro mais rápido e eficaz, paralisou no ar o seu facão e gritou para que ela não desaparecesse, que não sumisse por completo. O que não foi mais possível aconteceu.

Do episódio muitos recordariam que ela repetia, enquanto tentavam sugar o que restava de sua saliva, que "escrever também era sangrar, também era sangrar, também era… sangrar".

Maria Assunção estava tonta da viagem. Ela chegava à cidade de Manaus como se abrisse uma janela e lá fora houvesse um nevoeiro, sendo necessário dispersar aquelas brumas com as mãos, abrindo caminhos, como se nadasse no espaço. Eu, que anoto tudo e que a fotografei ininterruptamente durante os poucos instantes que estive com ela e quando já não lhe era possível recordar esses detalhes, eu que gravei sua voz como uma documentação plausível das exigências racionais, confesso que, ao tentar narrá-la, como agora, sua imagem se decompõe à minha frente; que é impossível reestruturá-la além da perfeição de suas intocáveis tranças. Ao tentar essa composição, o som do esfacelamento sobrepuja o da solidez e, a cada tentativa, tudo se estraçalha de novo. E lembro perfeitamente que ela não deixara de acreditar em chuvas de pétalas de rosas. Achava que isso a salvaria sempre.

# Frio antecipado

Rosa parecia sonâmbula a caminho do lugar onde, lhe disseram, iria ser educada, aprenderia a respeitar os padres, a não urinar na cama, a falar bem o português, a dizer corretamente Rosa Maria, que ela tanto demorava a pronunciar; a ser, enfim, boa menina civilizada. Ela não esperneava como aconteceu quando a levaram para a missão, onde sentia constantes febres e trocava o português por frases soltas em latim, coisa muito comum entre as crianças dali. Pressentia que deveria também aprender a contar histórias de maneira comum e inteligível, o que nunca conseguiu.

Antes de partir do rio Negro, Laura Dimas veio vê-la. Estiveram sentadas lado a lado; a avó, de mão apoiada sob o queixo, olhava ora para o rio, ora para as duas fivelas que escorriam pelo cabelo da menina. Levantou-se, arrumou a medalha de uma santa pendurada num cordão preto que Rosa Maria usava e pôs-se a subir o barranco, indo embora com o vestido branco muito solto e comprido porque, naquela época, costumavam andar como espantalhos, usando roupas desproporcionais, que eram doadas junto com sapatos que as faziam tombar e causar gargalhadas em alguns que por lá passavam.

Laura Dimas não olhou Rosa Maria e Maria Assunção até se levantar e de imediato cruzar as mãos no lugar do sexo, exatamente como havia feito anos antes, quando os missionários a sobressaltaram em sua fuga pelas matas para tomar banho nua e sozinha, enquanto o vestido que não trocava durante meses ficava pendurado num toco de pau. A mesma posição automática e comum que as mulheres em geral adotavam diante da chegada de estranhos.

Maria Assunção a viu e chamou-a, de início mudamente, "Venha também, desça, desça desse barranco. Venha, se ficar aí é como minha mão arrancando meu coração que não para mais. As cordas repuxam, entram e saem, minha mão não consegue mais deixá-lo sossegado dentro de mim". Depois gritou, "Venha, Laura Dimas, desça. Desça, avó!". Mas ela se integrou ao grupo de índios — muitos com um frio cortante nas tripas — que havia ido ao porto olhar mais aquela partida, limitando-se a ficar encostada numa placa de madeira denominando o nome e a extensão da área sob os domínios da missão.

Maria Assunção releu a placa e lembrou do toque de seus lábios no anel de dom Matias, transbordando dos místicos segredos clericais, e de como ele a repeliu depois do beijo e ordenou que se aprumasse para a viagem — a menina não teve tempo de dizer que sentia um frio intenso, como uma falta antecipada.

— Venha, dom Matias. Lá tem vacas.

— Assunção, as freiras a esperam. Siga, menina.

Ela seguiu. Quando embarcou, Maria Assunção adormeceu no colo de uma cabocla que sonhou ser Laura Dimas, que ainda não havia descido daquele barranco para onde voltaria todas as semanas junto com índios, índias, avós, primos, irmãos, padrinhos, que avançavam perguntando aos que chegavam se haviam visto Maria de Nazaré que nunca mais mandara notícias, onde estava Maria de Lurdes, se havia acabado os estudos; onde estava Maria Inês que tinha ido embora havia oito anos com duas pulseiras de plástico, uma amarela e outra azul; onde estava Maria Etelvina, se era verdade que tinha morrido; se haviam visto Maria do Rosário que tinha ido tão bonita e agora, com o rosto retalhado, sentia vergonha de voltar; se Maria Bernadete havia casado com um comerciante e se outras Marias envergonhavam-se deles. Mas sempre perguntando onde estavam, o que fazer para que voltassem, por que não vinham?

Uns subiam o barranco com fotos de indígenas com cabelos pintados de loiro, outros com cartas para que esperassem mais um pouco, "até quando eu puder". Tantos e tantos outros com aquele frio no estômago até a próxima semana, até o próximo mês, até o próximo ano, até como se fosse para sempre, como Laura Dimas.

# Vertigens da viagem

As meninas embaralhavam-se umas às outras, Rosa Maria perguntava:

— Assunção, e a vaca holandesa?

— Já vai aparecer.

— Onde?

— Quando a gente chegar.

— Falta muito?

— Não.

— A vaca fala?

— Fala muito.

— O quê?

— Fala Maria Assunção, Rosa Maria, Maria Rita, Maria Índia, irmã Isabel, irmã Maria José.

Iam todas elas, as religiosas acompanhando Maria Assunção, Rosa Maria e duas outras meninas, Maria Rita e Maria Índia, que também estavam sendo enviadas para um lugar que se dizia civilizado. Brincavam agora, esquecidas quase da náusea e aproveitando a viagem, mas ainda sentindo nas entranhas a movimentação daqueles seguidos banzeiros, estivessem as águas tempestuosas ou tranquilas, como se viver fosse um deslizar lento de embarcação.

Irmã Isabel estava convencida de que o mal-estar inicial das meninas havia sido consequência dos enjoos normais da vertigem de primeiras viagens. Maria Assunção apertava energicamente a mão direita e esmurrava a esquerda, dizendo que ouvia zunidos. Vomitava, e na sequência a freira lhe empurrava colheradas de um mingau grosso, feito às pressas, e que ela seguidamente devolvia em golfadas. Até que causou justificada irritação quando passou a responder à freira através de gestos: o dedo indicador ora rodopiava rápido, ora desenhava um traço horizontal que passava acelerado perto do nariz de irmã Isabel, ora apontava para um objeto qualquer, que podia ser um camburão de querosene, aquela casca de laranja que lá passa, na água, e sabe deus onde vai parar, ou podia ser um pé esquerdo de sapato, preto e esbugalhado, com a sola para cima, boiando, vindo não se sabia de quais pés.

Rosa Maria buscava abrigo em algo que não fosse a mão de irmã Isabel. Acocorou-se, agarrada na sacolinha que trouxera consigo. Ao seu redor, o mundo rodopiava com pedaços de saias em imensidão de mulheres, fiapos de cabelos, vômito de estonteados, o dente de ouro do homem que gargalhava, o riso do garoto que se divertia com tudo aquilo, a mão negada a outra, estendida em súplica, os olhares de quem tentava o amor em cabines públicas.

Irmã Isabel não se perdia no meio desse mundo, com seus perigos de naufrágios deliciosos e sem retorno. Ela recobrou o controle e, paciente, perguntou de novo:

— Diga, Maria Assunção, o que você esmurra?

— Tudo.

— Tudo o quê?

— Tudo.

— Tudo mesmo?

— Tudo. Tudo isso.

— Tudo isso o quê?

— Tudo isso! Isso! Isso! Isso!... Será que a senhora é cega?

A freira não se conteve e concluiu que ela necessitava de mais tratamento contra verminose, como dom Matias constantemente alertava. Dom Matias sempre com muita razão em tudo o que dizia. Sempre tão firme, tão exato, tão sem equívocos. Dom Matias, para ela, sempre tão sensato. A freira tocou-lhe a barriga, esfregou energicamente os dedos sobre seus pulsos, sempre perguntando:

— Dói aqui?

— Dói.

— Aqui também?

— Também.

A freira percorrendo-lhe o corpo quase inteiro.

— Então dói tudo?

— Dói.

— Dor mesmo?

— Não.

— Então o que é?

— É dor, mas não agonia de dor de dente.

— Então como é?

— Então fica como dor de dente mesmo. Quando vai passando e volta.

Irmã Maria José interveio naquele espetáculo que lhe parecia sem sentido. Puxou com força as orelhas de Maria Assunção e, com sua voz potente, repetiu que ali não se passava nada de excepcional, eram apenas vertigens da viagem e, em breve, aconteceria de amanhecerem numa província atrasada, onde ainda se viam perambulações de índios desaldeados, nordestinos miseráveis e negros que vendiam água nas casas.

O lugar não escondia os escombros dos chalés deixados pelas mulheres que ali viveram suando em pesados vestidos europeus e davam ataques coléricos quando não eram chamadas de madames.

As fachadas dos cabarés abrigavam lembranças imponentes das prostitutas que atravessaram o Atlântico para dar substância aos delírios dos coronéis da borracha empenhados em ajudar a construir uma Europa em plena selva. Delírios que serviram de reforço para que a província fosse interpretada como sem história e sem destino, como também eram considerados sem futuro os ex-seringueiros miseráveis que se espalhavam atônitos e fracassados, desnudando uma cultura cenográfica. Diziam que Manaus era nervosa pela transformação abrupta de aldeia em "cidade europeia", onde a burguesia cabocla ainda tentava imitar o gesto dos europeus que haviam administrado a construção do cais do porto, os serviços de telefonia, alfândega, saneamento e transporte.

Esses delírios permitiram aos caboclos olharem boquiabertos o desfile de prostitutas importadas lutando contra o calor excessivo que diluía suas maquiagens. A umidade e o suor provocavam estrias que exibiam a cor alterada da pele.

Irmã Isabel parecia imune ao cenário aonde chegavam.

# PARTE II

# Mais um punhado

Estavam quase calmas quando encontraram Judite, a menina cristã e oficialmente civilizada. Tinha a pele muito branca e era um pouco maior do que as quatro. Parecia esperá-las. Seu olhar era expressivo, como se enclausurasse sustos, e tinha um nariz comprido. Judite não parecia um nome inadequado para o seu corpo franzino, ainda sem seios, e carregado de uma assombrosa ingenuidade, que tornava estranho o decote de busto em seu vestido. Usava joias douradas nos braços, nos dedos, no pescoço infantis, e da orelha pendia um brinco muito grande, também de ouro, tudo lhe dando a bizarra aparência de adulta para sua pouca idade.

Nenhuma das cinco crianças teve dificuldades para perceber, nos infinitos subterfúgios da entonação de palavras, que havia crueldade na voz da mulher robusta, com rugas graves ao redor dos olhos, anunciando vagarosamente, como se quisesse fazer doer os ouvidos de Judite: "Desta vez vieram apenas três índias e uma cabocla". Era a voz de dona Leonor, proprietária do casarão. Estava acompanhada de Magda, que morava ali havia pouco mais de duas décadas. Fora levada para lá quase com a mesma idade das meninas. Não desceu para a rua no exato momento em que as quatro chegaram, no meio da tarde, espremidas num carro preto com rabo de peixe, as freiras orando em agradecimento pela viagem que tinha dado certo.

Lá embaixo, esperando no portão, havia estado apenas dona Leonor e sua amiga, dona Emília, senhora gorda, de baixa estatura, que usava um vestido de renda marrom e uma peruca mal-arrumada. Era esposa de uma autoridade local. Dona Emília mancava de uma perna, e de pronto percebeu a decepção da amiga que, com as mãos na cintura, enquanto via as meninas passando à sua frente, logo reclamou: "Preciso de crianças maiores. Essas são muito mirradas e não dão conta de fazer quase nada!". A amiga respondeu que nas próximas cargas viriam outras, talvez mais crescidas, e era coisa para breve. Aquela viagem havia sido excepcionalmente longa, durado pelo menos oito dias, devido às paradas e aos perigos das águas do rio, tão cheio naquele mês de junho.

Ninguém se importava muito com os locais de origem das meninas que chegavam ao casarão vindas de todas as regiões do Amazonas. Se acontecia de alguém querer saber, dizia-se de forma indiferente "Essa veio do baixo Amazonas", "Essa do Solimões". No caso das quatro que chegavam, apesar de muito pequenas, já haviam aprendido português, pareciam saudáveis e fortes. Era quase o suficiente. Chegavam ao casarão como mais um punhado de cachos de pupunhas ou bananas, como se fossem paneiros de farinha, sacos de tucumã, entre tantas outras mercadorias que arribavam ali todos os dias e eram armazenadas na despensa.

Quando as duas religiosas deram as costas e entraram de volta no carro preto com rabo de peixe, dona Leonor fez um sinal da cruz, talvez por não ter gostado delas. Então, no topo da escada, Magda apareceu. Veio até o portão, ajudou as meninas a subir e rememorou, observando-as, que elas também apertavam fortemente o corrimão.

Após um longo corredor um tanto escuro, chegaram a um quarto enorme com várias redes atadas. Antes de se agasalharem Magda pediu que elas entregassem as sacolas com seus pertences, perguntou seus nomes e avisou que, no dia seguinte, deveriam estar de pé antes de a dona da casa acordar. Magda anotou: Maria Rita, seis anos talvez. Rosa Maria, sete ou oito, pelo que as feiras disseram e pelo que parecia. Maria Índia, sete. Maria Assunção, pelo que ela mesma diz, sete anos, mas parece mais. À noite, antes de dormirem, Magda levou algo para que comessem.

Naquele tempo, Maria Assunção, Maria Rita, Maria Índia e Rosa Maria, mesmo vivendo na missão, ainda eram capazes de apontar os pajés, acompanhar cantos de curas, explicar que a humanidade nascera no bojo de uma cobra canoa onde viveram alojadas. Harmonizavam-se com o mundo e aplacavam seus medos quando também compreendiam os riscos simbólicos estampados no corpo dos homens e mulheres no povoado e nas aldeias. Elos de significados que, a cada dia, se tornavam mais tênues e perdidos.

Assim, naquele momento, entrando no corredor do casarão em Manaus, era a vaca holandesa que não surgia nunca; era o sono pesado de Maria Rita, misturado à ansiedade que fazia seus olhos tombados acompanharem o chão oco. Maria Índia diminuía o passo, deixou cair a sandália de borracha que prendia embaixo do braço, pedia para voltar. Com os olhos dilatados, tentava infantilmente explicar às freiras que não suportaria viver longe do rio Negro, que não daria trabalho, podia voltar sozinha: "Deixe eu voltar, irmãzinha, deixe, eu posso ir só, já aprendi o caminho". Maria Índia sonharia muitas vezes um mesmo sonho: estava no alto, no alto imenso do espaço. Só havia uma viga prateada, como um pedaço de trilho para cortinas, onde ela apoiava seu dedo mínimo. Ele escorregava para os lados prestes a ultrapassar a viga. Ia de um lado a outro e ela não podia olhar para baixo nem para lado algum. Amanhecia sem saber a quem pedir para que a levassem de volta.

Rosa Maria, com a santa prateada no peito, nunca mais percorreria os movimentos das secas e enchentes daquele rio onde imitava o deslize de dezenas de peixes. Ainda na embarcação, irmã Maria José exigia que ela erguesse a cabeça, preparando-a para os cumprimentos de quando enfim chegassem. Mas seu rosto tombava. Seu rosto escorria nos braços de Maria Assunção, escorria no peito de Maria Rita, nos ombros de Maria Índia. Para as quatro meninas que fatalmente ficariam juntas, o ímã da solidão era tácito. Inventavam pavios, tornaram-se chamas.

As quatro crianças não entenderiam dessa primeira vez que, no casarão, o início do sol era anunciado pelo pêndulo de um relógio, e embora tivessem ouvido ao longe a cantiga de um galo e o barulho de utensílios, acordaram com a dona da casa balançando o punho de suas redes: "Ainda roncando como princesas? Levantem já…". Dormiram demais, não viram a manhã em seu rosto pois as paredes escureciam o dia, e no mundo delas, mesmo com os sinos de dom Matias, nunca haviam amanhecido assim.

Desceram atropeladamente a escada para o café na cozinha. Isso feito, estavam quase calmas quando logo depois, na sala do casarão, foram apresentadas a Judite, a menina cristã e oficialmente civilizada cujos ouvidos doeram diante daquele "Desta vez vieram apenas três índias e uma cabocla". A informação parecia romper as artérias da menina. Como se ela própria, Judite, começasse a se tornar líquida, escorrendo sobre si mesma, impossibilitada de encontrar algo com que se moldar novamente, algo que a recuperasse do pânico causado pela crueldade expelida naquela voz. Se o silêncio pudesse realmente existir, dir-se-ia que naquele momento houve silêncio, silêncio, silêncio. Demasiado silêncio impregnado naquilo que era disforme e carregado de tensão.

Um clima de alegria irrompeu quando Judite ergueu a sobrancelha direita e, num arroubo de recomposição eletrizante, seus lábios foram inchando, inchando. Lábios vermelhos e inchados da liquidez da palavra; neles, seu corpo inteiro se instalava. Lábios e palavras longínquas e inapreensíveis. A palavra cada vez mais e mais. A corrida atrás da palavra decomposta e que resultou em apenas uma pergunta, lógica e trivial, o disfarce das essências daquele momento numa interrogação rápida e lancinante: "Como se chamam?", perguntou à mulher robusta.

— Maria Rita, Rosa Maria, Maria Índia... Todas batizadas. E a outra, a que não é índia... esqueci o seu nome!

Judite repetiu "Maria Rita, Rosa Maria, Maria Índia", os nomes comprimiam, arranhavam sua pele fina, num percorrimento translúcido, que deslizava de um canto a outro da boca, em trepidações duras, ritmadas e consistentes. Fricções invadindo seus lábios, pois as palavras de Judite eram apenas títeres açoitados pelos disfarces do seu imenso e intenso silêncio interior.

Ela, uma menina que tinha espaços de dois dentes de leite arrancados ainda na manhã de ontem, poderia ser compreendida levando-se em conta aquela linha invisível e pungente que a recompunha sempre. Uma linha maleável como as dissoluções em si mesmas; linhas invisíveis que viravam nós indissolúveis por onde passariam torrentes destruidoras que, apesar de tudo, a reconduziriam a ela própria. O mundo reconduzindo-a impetuosamente a um ser que sequer aceitava um nome; embora um ser trêmulo pelo outro e escorregadio sob o tão pouco, sob a escassez que para ela representava a palavra. Como naqueles instantes, com aqueles fios envoltos nela.

Judite era uma criança que conseguia andar sem fazer barulho com seus sapatos altos branquíssimos e enfeitados de dourado. Era muito limpa e tinha constantemente o cheiro suave daqueles líquidos guardados em vidros enormes com essências esverdeadas, lilases ou límpidas, onde boiavam ramos com folhas ressequidas, pedaços de pau d'angola, canela, cascas de árvores e sementes que inseriam sua pele na exata matemática da suavidade, e que se confrontava com o cheiro puro de Maria Assunção. Judite era, diante das meninas que chegavam, exageradamente limpa, exageradamente empertigada em roupas apertadas e cheias de renda, que impediam seus movimentos. Maria Assunção, apesar de ser um pouco menor, deveria cuidar dela. Olharam-se timidamente.

# Domesticação

Maria Assunção corria os olhos pela casa.

Viu de longe, numa poltrona de couro, seu Antenor, marido da dona do casarão, dona Leonor. Ele roncava com a camisa aberta no peito cabeludo onde reluzia um cordão grosso de ouro. Assim como sua esposa, seu Antenor era respeitado e frequentava a casa das famílias consideradas distintas. Seu Antenor era também regatão, circulava pelos rios onde trocava produtos como imagens de santos, bijuterias, pacotes de sal, café e açúcar por artigos regionais vendidos a alto custo em Manaus, o que lhe rendia vultosos lucros. Também trazia para a cidade jovens encomendadas por políticos, autoridades, juízes, delegados, comerciantes.

Naquela primeira manhã, além dele, Maria Assunção parava olhando as minúcias do casarão:

— Que foi, menina? — insistia Magda.

— Nada não.

— Olhar tanto assim é perigoso.

Assunção examinava a imensa mesa de madeira escura da cozinha, a quantidade enorme de panelas reluzentes e utensílios pendurados nas paredes, o fogão a lenha ao lado de um a gás, as prateleiras cobertas com toalhas de papel picotadas, os tabuleiros de madeira cheios de mantas de pirarucu e outros, de peixes salgados.

— Parou de vasculhar tudo, Assunção?

— Paro não.

— Tá atrás de quê, menina abelhuda?

— Das vacas holandesas.

Magda gargalhou:

— Tem isso aqui não, menina.

Assunção continuou percorrendo o olhar naquele lugar com tantos bules, xícaras, canecas com nomes de pessoas escritos com letras de caligrafia que, na missão, ela tentava imitar sem conseguir. Eram tantos móveis na casa, e havia ainda o imenso rádio de onde saía um chiado que elas imaginavam que fosse de insetos escondidos. Viu aqui e ali mulheres varrendo, outras passando apressadas com espanadores, viu, de costas para uma janela, duas moças imobilizadas, como se estivessem fincadas no chão. Viu uma mesa, e sobre ela uma correia, pedaços de madeira, palmatórias amaciadas. Magda percebeu repentina quietude em Maria Assunção. Seus olhos, que pareciam dois faróis, foram amortecendo, fechando-se alquebrados.

— Parou de espiar, Assunção?

— Quase.

— Mas isso nunca termina, Assunção. Ainda com sono, cunhantã?

— Não é sono, é só um cisco no olho.

— Com esse teu jeito vai demorar a ser domesticada.

Assunção fez de conta que riu e, olhando para Magda, disse que sentia uma fundura no peito.

— Fundura como?

— É onde fica irmã Isabel.

Magda riu e disse que talvez suportassem continuar ali por muito tempo, como ela, que havia chegado do alto Solimões com seis anos sem sequer falar português, ao contrário delas que, além dos nomes, sabiam dizer "Muito obrigada!"

mesmo que de forma quase automática e, às vezes, desnecessária. Mas dificilmente seriam domesticadas, nem ela, Assunção, nem Rosa Maria.

Era comum à época que, depois da missa e dos fartos almoços, a dona do casarão e seu esposo se reunissem com algumas famílias para o café com bolo nas tardes domingueiras. Naquela tarde o encontro foi na casa do sr. Almeida, um conhecido juiz que, com sua esposa, dona Irene, esperava os visitantes numa sala enorme, com música de Wagner ao fundo. Era seu compositor preferido, e ele o ouvia desde a manhã, em volume máximo, sentado numa poltrona de couro, devidamente limpa já no sábado, assim como as cortinas verdes pesadas e o chão de taco que as empregadas faziam brilhar.

Apenas três casais haviam sido convidados. Chegaram os dois primeiros, e as mulheres se cumprimentaram dando simpáticos tapinhas nas costas umas das outras, carregaram nas interjeições de "Oh" para os novos lustres, "Oh" para as bandejas com guloseimas regionais, que manejavam com suas unhas compridas e sempre com gestos exagerados.

Dona Irene pediu que seu esposo baixasse o som da vitrola, o que ele fez. Mas em seguida, como se disputasse com a música, começou a discursar alto e ser ouvido pelos dois casais com muita atenção e encantamento: "Vai chegar o dia que não vai mais ter essa história de preto, índio, caboco, mulato, mestiço, sei lá mais o quê... vai todo mundo embranquiçá, por isso tem que ir misturando, limpando, limpando...".

Enfim, dona Leonor e seu esposo chegaram trazendo Rosa Maria, que seria destinada a uma daquelas famílias. A menina apareceu com uma tiara enfeitada de florzinhas de plástico coloridas, um vestido branco com a saia rodada, os sapatos da mesma cor. Mais uma vez foram repetidas as interjeições "Oh", "Que menina linda", "Tão branquinha". Quem a levaria? As senhoras sugeriram que ela circulasse pela sala para exibir sua graciosidade. Mas Rosa Maria, como se quisesse por si própria afugentar-se do grupo, não dava um passo, ficou rígida, ereta, gélida.

"Será que ela tem alguma ferida na sola dos pés, algum espinho ou pedaço de vidro?", perguntou dona Irene, e continuou: "Por que ela não fala, será que tem problema na garganta, na boca ou na barriga?". Dona Leonor respondeu que a menina não tinha nenhum defeito, só estava encabulada. Mas uma das convidadas reparou numa pereba no joelho esquerdo, o que poderia esconder uma ferida maior, interna. Já aflita, ansiosa e perdendo as esperanças de que Rosa Maria fosse embora de seu casarão, dona Leonor tomou um lugar na ponta do sofá e fez a menina sentar-se no chão, ao seu lado: "Ela é tão quieta, não dá trabalho". A esposa do juiz encarou Rosa Maria e viu o que pensou ser uma luzinha estranha no canto dos olhos dela.

Várias tentativas seriam feitas para que a levassem do casarão, mas as famílias sempre desistiam porque, diziam, era lerda e desajeitada, era sonsa e desnorteada, era, enfim, inútil. Foi a última das quatro a sair. Não a estimavam nem em casa nem fora dela, mas Magda insistia que Rosa Maria era necessária para Judite.

Na tarde do encontro na casa do juiz Almeida, quando regressaram ao casarão, Maria Assunção constatou a volta de Rosa Maria e viu a luz que se expandia para além dos cantos daquele olhar, para além do canto dos olhos. Maria Assunção riu, Rosa Maria também e Magda as acompanhou na alegria repentina: "Vocês duas parece que gostaram do que aconteceu, mas vão comer o pão que o diabo amassou. Vocês parecem mesmo duas estranhas, duas lesas!". E as três continuaram a sorrir. Dificilmente seriam domesticadas.

# Como as gatas parem

"… do que eu mesma, Maria Assunção, mais sentia saudade na casa de Judite era do vento, da terra e do barulho das cachoeiras. Na verdade, aprendi a gostar do vento porque sempre sentia muito incômodo quando via aquelas crianças sugando o peito ou deitadas no colo das índias. Eu sentia em mim uma saudade que não podia acontecer. Uma saudade mentirosa porque era saudade do que eu não lembrava. Então cada vez que sentia isso eu imaginava que o vento pudesse fazer tudo aquilo comigo. Ouvia o vento e achava que ele começava a inventar uma história que eu ia apenas continuando, continuando, que não acabava até quando dom Matias não parasse de repetir aos visitantes *'Essa é Maria Assunção… sem pai nem mãe… a generosidade das freiras, a bondade…'*.

"De criança, apenas eu acompanhava o grupo que de três em três meses realizava a desobriga. Além do bispo, iam sempre outro padre, duas freiras e Lauriano Navarro, que fazia os trabalhos braçais. Os índios iam para o barranco assistir à nossa saída. Eu olhava para as crianças índias e pensava, 'Só eu ando nessa embarcação grande e pintada; só para mim o vento diz essas coisas'. Ficava na proa como uma boba de braços abertos, como se me ouvissem dizer, 'Olhem como eu tenho o vento, olhem como eu engulo o roteiro desses ventos'. Às vezes, sentava no meio da canoa sozinha, com o caixote de catecismos do qual eu fazia questão de tomar conta; eu abria as pernas, eu abria a boca e os dedos, deixava o vento entrar em mim. Era um vento que não doía, não machucava. A ele eu não temia. Era como se aquele ruído riscasse nos meus ossos o rosto de alguém, a voz, o nome, uma cor. Lauriano Navarro nunca se espantou que eu fosse assim porque ele também tinha o barulho das cachoeiras na garganta.

"Naquele dia dom Matias ordenou que ele parasse a canoa no primeiro desvio onde havia um igarapé de águas mansas; os galhos das árvores dobravam de um lado e de outro e se entrecruzavam, formando um teto de folhas com escassas brechas para o sol. O bispo conversou com as freiras e, depois disso, segui viagem ao lado de irmã Maria José; o vento rondava-me mas ela obrigava que eu puxasse o vestido. O vento aliciava-me e ela gritava que eu apertasse os braços e as pernas, não cedendo quando me queixava de câimbras ou do mormaço, pois, ela perguntava, como era possível sentir calor com todo aquele vento?

"Chegamos a uma aldeia formada por um grupo de pessoas que trabalhava para um comerciante colombiano que começava a ficar rico e conhecido na região. Um índio esfarrapado foi ao nosso encontro, conversou rapidamente com Lauriano Navarro e depois se dirigiu a dom Matias. Lauriano Navarro encarou o bispo alertando que o índio perguntava sobre mais alguém e deve ter recebido uma resposta evasiva, como a de que esse alguém logo voltaria, ou que ele se preocupava sem motivo, pois para o tal alguém nada era melhor do que viver na cidade, na casa de um político, de um coronel, de um seringalista ou de boas e respeitadas famílias que ajudavam os missionários naquele difícil processo civilizatório. Nossas chegadas às aldeias passaram a ser sempre assim.

"Dom Matias irritava-se, principalmente, quando chegávamos a lugares onde ele ainda não dominava a língua falada pelos índios. Quando Lauriano Navarro lhe dizia o que eles perguntavam, o bispo apertava a ponta dos dedos, gesto que fazia quando ficava nervoso, e comentava:

"— Perguntas, perguntas! Será que esses índios não têm mais o que dizer, Lauriano?

"— Não, dom Matias. Acho que pro senhor, não.

"Naquela vez, uma índia idosa e desdentada puxou enraivecida o crucifixo de dom Matias, e Lauriano Navarro explicou que ela queria alguém de volta. O bispo mandou que o índio respondesse que aquela não tinha vindo, mas ali estava outra menina, muito mais cuidada, Maria Assunção.

"A índia começou a jogar cascas de bananas em minhas pernas, eu sentia a frieza chicoteada colando na minha canela e Lauriano repetia erguendo o dedo ao bispo: 'Ela está dizendo, dom Matias, que essa não serve, não é a que presta nem a que ela gosta, que essa não entende'. Eu sentia o sangue congelar e queria abrir meu corpo para que o vento o agitasse novamente, mas irmã Maria José estava ali. Bem perto e explicando que os índios, como um missionário havia escrito, praticavam muitos malefícios, eram frios e dotados de impressionante insensibilidade: *Reze por eles, Maria Assunção!*

"Aquela índia idosa ficou o tempo todo me rondando, espiando, desdentada, nua, enfurecida olhando para minha trança. Eu quis me vingar dela e escondi meu cabelo dentro do vestido, apertei muito a gola e suportei de raiva as cócegas na minha coluna. Depois ela queria tocar na toalha de linho branco para o altar improvisado e eu não deixava sequer que ela chegasse perto, como não deixava que tocasse no crucifixo dourado que eu segurava, enrolado num veludo azul. Eu dizia não, não e não, sua bruxa velha, maldita, órfã, pecadora, desdentada e pagã! Lauriano passava horas calado, não traduzia nada, mas ficava zangado, passava dias sem falar comigo.

"Aquela índia sumiu e depois voltou acompanhada de outros índios pequenos, ficou de cócoras olhando o rio, gesticulando desesperada e aborrecida. Eu segui com eles entre aquelas filas de bananeiras, ela me olhava tanto que puxei a trança ainda escondida, desmanchei o cabelo e deixei que ela enterrasse neles aqueles dedos grossos com cheiro de terra, fumaça e peixe moqueado. Ela esfregava freneticamente meus cabelos, batia suas pontas no tronco da árvore e nos próprios braços e eu nunca compreendi muito bem o que aquilo significou.

"Irmã Maria José não tirou mais os olhos de mim e no início da tarde dom Matias batizou as crianças, fez o levantamento das que seriam levadas para a missão no ano seguinte, rezou a missa, observou que o tronco linguístico daquele grupo ainda era indefinido e foi ajudado por Lauriano Navarro a descer o barranco porque vivia tropeçando na própria batina. Lauriano armazenou os paneiros de farinha, ovos, frutas e peixes com os quais os índios pagavam os sacramentos e entregou livros religiosos que eles folheavam, folheavam, batiam no peito e quase sempre deixavam num lugar qualquer.

"Nessa época eu aprendi como as gatas pariam; adotei uma sobrevivente e lhe dei meu nome. No confessionário, fiz de conta que ela estava nascendo e fiquei lhe dizendo: 'Maria Assunção, me olhe, me conheça, você é Maria Assunção. Eu agora sou sua mãe e posso te engolir como os outros!'. Quando levantei a cabeça, irmã Maria José me olhava com ódio. Com medo dela, fiquei ao lado de Rosa Maria por tanto tempo que nem sei medir, escrevendo promessas de não mais cometer atitudes pornográficas.

"Rosa Maria não sabia escrever. Tentei ensiná-la, pegava sua mão, mas sua mão deslizava. A ela foi impossível desenhar sequer uma letra, virava as folhas desordenadamente, sem noção do que era margem, linhas, sílabas. Fazia riscos tortos de cima a baixo e nosso castigo foi redobrado quando viram seus cadernos preenchidos com minha letra — o que, enfim, ocorreria sempre, como agora, quando tento retirar o vazio desconexo que os civilizadores sempre conseguiam encontrar nas páginas dela.

"A índia Rosa Maria era muito estranha e irmã Maria José ralhava muito com ela, achava que era indolente, birrenta ou que possuía um espírito menos elevado, como os padres — isso ela repetia sempre — já haviam constatado entre aqueles índios. Houve um período em que as irmãs avisavam todo dia que por longo tempo não haveria visitas à missão porque os missionários envergonhavam-se da falta de moralidade, mesmo com tantas exortações, sacramentos e práticas religiosas. Padre Geraldo anotava como os visitantes ficavam impressionados porque os homens abusavam das mulheres dos outros homens sem que isso causasse repulsa ao marido nem estranheza aos demais; ensinavam como o nudismo era repugnante, irritavam-se pelo fato de que em um ano haviam tido seis casos de mães solteiras. Não duvidaram de que só através de rigorosos castigos é que os índios conseguiriam compreender termos como virgo, fidelidade conjugal, matrimônio, pudor, atitudes imorais…"

# Escoriações e branduras do tempo

Quem algum dia tocou a mão de alguém no seu ponto máximo, como fez Rosa Maria entrando na casa de Judite, quando buscava um céu para seu desamparo e encontrava apenas um vazio imenso e inapreensível, passará a reconhecer esse alguém sempre.

Havia sardas nas mãos de irmã Isabel, e de tanto se negar a soltá-la a menina as deixou com rompimentos avermelhados e disformes, que sumiram logo após a irmã desprender-se dela, simulando uma serenidade impossível em sua partida. Rosa Maria soluçava, como lhe era comum, e seguia fixamente a silhueta da freira, que ali as deixava, no endereço certo e encontrado com facilidade, escrito na letra legível de dom Matias.

Naquele corredor, Rosa Maria parecia não querer perceber que haviam terminado suas noites na missão, no dormitório limpo de onde, de madrugada, ouvia o familiar assobio de Lauriano Navarro desafiando os estrondos das correntezas. A menina continuava a perguntar quando irmã Isabel voltaria para buscá-las. Se seria no Natal, na Páscoa, na piracema, na lua cheia ou na época em que o rio baixasse.

— Irmãzinha, posso voltar com esse mesmo chinelo? Posso?

Mas havia de fato terminado o tempo das esperas pelas embarcações, do encolher-se ante o olhar da freira que, ombros curvados sobre as meninas, aconselhava que lutassem contra o demônio e, ao acordar, escovassem os dentes para que pudessem rir sem cáries. Ensinava também que neutralizassem os gestos quando o acaso as pusesse diante de ameaças — às vezes, a aparente neutralidade de irmã Isabel perdurava por tanto tempo que aliciava de seus interlocutores reações e movimentos inusitados quando notavam que se dirigiam a ela como se falassem a uma estátua.

Antônio Sávio a via instruindo as meninas e carregando baldes d'água, pintando velas, plantando hortaliças, varrendo, mas ela parecia nunca estar cansada. Ele se informara de que, antes de ir para o rio Negro, ela havia percorrido, junto com irmã Maria José, outros lugares na região amazônica. Lugares onde a hanseníase ainda era considerada uma maldição divina. Aprendera a enterrar os pés nas ribanceiras movediças do rio Purus para chegar aos casebres dos caboclos que, envergonhados das deformidades, naquele tempo ainda corriam para se esconder quando algum desconhecido chegava. Caso não houvesse pessoas saudáveis nas habitações, o visitante corria o risco de voltar sem ver ninguém. Irmã Maria José, ao contrário, ficava impaciente, reclamava do cheiro da carne de anta e do pirarucu deixados ao ar livre para secar, evitava que as crianças tocassem em seu hábito, gritava para que os doentes se apressassem ou, do contrário, não receberiam medicação. Irmã Isabel apoiava-se nas janelas dos casebres em frente ao rio e, quando os doentes surgiam, movia-se com presteza, movimentava os braços ritmicamente como se desfilasse, cortava a gaze, o esparadrapo, sempre ereta, sem piedade; segura, ensinava a fazer curativos, dava informações sobre a doença, despertava credibilidade e certa simpatia. Porém, ao vê-la partir na canoa, não havia quem pudesse garantir o que de fato sentia. Certa vez Antônio Sávio chegou a pensar que ela sequer acreditava em Deus. Desabafou sua desconfiança com Mariana Aparecida que, para maior incômodo dele, respondeu seca: "Que ela não acredita em Deus, qualquer índio do povoado já sabe. Menos tu e o leso daquele bispo".

Mas haviam acabado as noites de Rosa Maria na missão, e quando as noites findam, os dias preparam outras, impregnando a lembrança que se torna impecável quando surge acumulada das escoriações e branduras dos tempos.

# A epidemia

Tereza, a índia mais antiga que viveu naquela aldeia e que, antes da entrada dos missionários, se chamava Araraní, não esqueceu, apesar do tempo, a noite em que, enquanto os homens estavam sentados em volta das fogueiras queimando veneno das flechas e conversando sobre caça de caititus, Rosa Maria descia do corpo de uma mãe muito nova, que há pouco tempo tinha sonhado que copulava com a lua e só assim pudera ter a primeira menstruação.

Na madrugada, quando Araraní, a índia mais antiga, a pegou nos braços, Rosa Maria era uma recém-nascida muito morna, e como Tomás, o velho pajé, viu sanhaços, tangarás e gaviões que ganhavam elevação nas trilhas das estrelas, ele anunciou que havia nascido mais uma neta para a avó do universo. Tomás bateu seis vezes no peito para avisar:

— Outra neta para a avó do mundo. Mas, sendo filha de quem é e com o novo cheiro desses ventos, seus pés logo vão embora daqui. Assim me disse nossa avó, aquela que não precisou ser criada por ninguém.

Essa avó era uma mulher que brotou de si mesma quando não havia nada que lembrasse mundo, nem mesmo a cobra mãe, embarcação onde a humanidade se fecundaria. Os parentes da recém-nascida acreditavam que a avó do universo vivia num pedaço de quartzo, sua morada invisível, e que havia provocado quatro cataclismas de fogo.

Nenhuma dessas mensagens divinas previa nada assemelhado àquelas sessenta pessoas adormecendo e gemendo lado a lado, com suores que escorriam das têmporas, da virilha e do pescoço, e misturavam-se a larvas que faziam furúnculos no couro cabeludo e na pele. Padre Günter, um alemão que media quase dois metros de altura, gritava, através de um aparelho de fonia que funcionava precariamente na missão, pedindo auxílio e remédios ao povoado mais próximo. Alertava que até o cheiro fétido das redes atraía urubus para dentro das malocas. E, como as diarreias haviam ficado incontroláveis, a aldeia parecia uma latrina à margem de um rio gigantesco, mas incapaz de afogar uma moléstia que culminou dizimando mais da metade do grupo.

Alguns dias se passaram até que o socorro solicitado pelo padre chegasse à aldeia. E quando os remédios vieram, já tarde, os doentes ainda assim se negavam a ingerir os comprimidos e tomar as injeções, mesmo que estivessem misturando catarro e sangue com saliva, fumegando de febre e vissem, perplexos, que em pouco mais de uma semana haviam enterrado quase quinze pessoas, todas comprovadamente mortas por causa da gripe e suas consequências insuportáveis para corpos vulneráveis à doença ainda desconhecida.

Os rituais fúnebres, feitos por homens debilitados, deixavam os mortos à flor da terra, batida sem forças e permitindo tropeços em espíritos salientes, como recordam os sobreviventes daquela epidemia, e denunciavam o frio que os mortos sentiriam porque não havia ninguém com energia para acender o fogo debaixo de suas redes.


Embora pedissem confusamente para que os missionários intercedessem por eles, o máximo que os religiosos puderam fazer foi inaugurar um cemitério cristão num descampado limpo, o que favoreceria a higiene da maloca e, aos olhos da Igreja, a dignidade espiritual daquele grupo minguado, arredio ao contato com brancos e encontrado daquela maneira, em mais uma tentativa missionária de pacificação.

Durante toda a epidemia, dom Matias foi um bispo melancólico, encerrado na igreja por longas horas, onde orava preocupado que a aldeia fosse dizimada. Mas, se isso acontecesse, que os padres tivessem tempo suficiente para batizar o maior número possível de almas. Dom Matias pediu auxílio onde foi possível e dispunha-se aos maiores sacrifícios para que o grupo fosse salvo, mas não teve coragem sequer de sair da missão durante o período. Foi informado por padre Günter da revolta moribunda iniciada por um índio que, supostamente, teria gritado, com a voz rouca, para que os mortos não fossem retirados da maloca.

— Quem é ele, padre Günter?

— Um pajé. Está velho, magro, ressequido. Não fala português.

— Já o batizaram?

— Ele não quer. Afasta-se de nós. Fecha a rede quando nos vê.

— Pobre infeliz, pobre infeliz. Na verdade, qual é a doença, padre Günter?

— É gripe mesmo. Gripe e pneumonia, as irmãs já confirmaram.

— Houve alguma invasão ali?

— Encontramos facões, cartuchos. Alguns civilizados devem ter passado por lá. O senhor gostaria de vê-los?

— Não, não. Não é preciso. As freiras cuidam bem disso. Irmã Isabel sabe como agir.

A missão ficou deserta naquele mês de julho epidêmico. Além de dom Matias e de padre Günter, apenas uma freira recém-chegada orientava que as portas e janelas permanecessem cerradas e as correntes de ar não atingissem as dezessete meninas e os dez meninos que tiveram as aulas transformadas em vigílias e rosários para que soldados e voluntários chegassem até aqueles confins de mundo e conseguissem aterrissar numa pista de pouso feita pelos índios, utilizada apenas duas vezes e que ficaria imprestável caso chovesse muito. A disciplina foi tão relaxada no período que dom Matias conversava com padre Günter com as portas do gabinete abertas para quem quisesse ouvir, preocupado e revoltado com a informação de que os índios repudiavam os padres, as freiras e todos que não eram índios e que deles se aproximavam, mesmo se tivessem boas intenções.

O bispo temeu o fato de que alguns dos mais velhos, mesmo estando como espectros, haviam insuflado outros mais jovens e até algumas crianças e, num ritual escabroso, furaram as panelas, canecos e bacias, queimaram terços, Bíblias, facões, roupas e outros utensílios doados porque acreditavam que eles próprios, os missionários, que estavam ali, como diziam, sofrendo riscos e mais riscos para salvá-los, eram portadores dos feitiços que os matavam.

Tomás, o pajé que nunca respondeu a ninguém que o chamava por esse nome e que nunca ofereceu aos missionários mais do que alguns resmungos quando estes se aproximavam, morreu pedindo conselhos de cobras que via enroladas nos caibros ou em ondulações no espaço. Ele expirava e via que os esteios e as vigas da maloca começavam a esfacelar, sinal de que a aldeia sumiria, pois até as pintas negras da cobra mãe, que eram gotas de sêmen, ele não conseguia mais visualizar. O pajé Tomás foi enterrado delirando e sem nenhuma distinção. Antes de morrer foi batizado, já que não tinha mais condição de se enfiar no mato, como costumava fazer quando os missionários apareciam e ele, com o diabo no corpo, decididamente fugia.

Tomás não simulou um rosto para morrer. Quando padre Günter foi batizá-lo, pediu que irmã Isabel lhe fechasse os olhos e a boca.

— Acho que teria mais algo a nos dizer, padre Geraldo. Mas de que adiantaria?

# Catarino

Houve um parente que chorou quando viu o pajé Tomás moribundo, deslocado do espaço que lhe era reservado e que deveria ser aquele através do qual seu olhar pudesse alcançar a direção das serras. Esse transcurso era um caminho para a sabedoria e o conhecimento, com paradas para se escutar e depois transmitir o que se ouvira em demoradas cerimônias. Esse olhar deveria pairar até o arco-íris, para que sua coloração esmiuçasse as pegadas estranhas, os ruídos desconhecidos, os novos rostos e gestos que apareciam no corpo e no espírito de cada um.

Assim sempre havia pensado o indígena que chorou quando viu o velho Tomás tão desprezado e que decidiu fugir da dizimação com sua mulher, lamentando a quentura insuportável nas entranhas e a fraqueza de duas crianças que nem chorar conseguiam mais. Fugiram no meio da tarde, quando as garças ainda podiam ser discernidas. Arrumaram as crianças em cestos de cipó trançados, que dispuseram nas costas, e saíram enfileirados, a mulher atrás, como se estivessem indo coletar frutos. Quando olhou para trás, teve que caminhar retrocedendo por um tempo que causou cansaço até encontrar, já na boca da noite, o vestido vermelho e esfarrapado sobre uma pedra e o cesto ao lado, com a criança. Ele acreditou que o chamado da cachoeira tinha sido muito forte e havia vencido a vontade da mulher de acabar a fuga junto com ele. Ele chorou novamente, e num berro tão alto que assustou os macacos, papagaios, corujas, mutuns e araras, mas achou que era melhor a mulher submersa no rio do que num descampado cristão, longe da maloca, sem poder chegar à superfície da terra e começar a viver.

Depois, sem derramar uma lágrima, retirou a criança, também já sem respiração, de dentro do cesto e a depositou nos intricados das raízes de uma árvore imensa, cobriu-a com folhas de palmeira como se estivesse preparando a cumeeira de uma maloca, mas soltas, para que o vento as arrastasse e, quando o sol viesse, seu espírito não tremesse de frio ao relento.

A outra criança, a que ele levava consigo, conseguiu chegar ao pátio da missão, esperneando e com o rosto levemente caído para o lado. Foi levada para o barracão que havia funcionado como a primeira igreja e fora transformado em abrigo para a recuperação dos sobreviventes — Rosa Maria, fisicamente, teve uma rápida recuperação e, passada a epidemia, as freiras observavam como era saudável.

O pai da menina, que havia chorado com a morte da mulher e do velho pajé Tomás, começou a passar dias seguidos num descampado que virara cemitério, onde dava voltas e mais voltas, retirando inquieto os matos e ervas daninhas que constantemente nasciam sobre as sepulturas. Nesses lugares, ele plantava pés de papoulas, lírios, rosas e variadas flores silvestres brancas, que eram enfileiradas a dois palmos e meio de distância umas das outras, todas em direção ao vento que vinha das serras. Quando os ramos balançavam demais, ele achava que os mortos tremiam de frio e então, com seu pensamento milimetrado e alucinado, tentava segurá-los, principalmente os muito finos, que suportavam as flores mais miúdas. Como suas mãos pesadas impossibilitavam o intento, ele levantava a esteira onde dormia, como se pudesse protegê-los da ventania.

Ele não fez cerimônias nem esforço para viver esmigalhando cruzes de madeira e com elas acender fogueiras nos quatro cantos e no meio do antigo descampado. Mesmo hoje, tanto tempo depois da epidemia, quando alguém anda pelo povoado e ergue o olhar em direção às serras, ainda pode ver aqueles blocos de fumaça com cheiro de flores completamente brancas. Quando se pergunta de onde eles surgem, a resposta mais natural é que são penitências de um homem que causara a morte da família numa fuga tresloucada da qual só havia restado uma criança, de cuja existência ele esqueceu quando começou com o vício de esperar o estouro de lírios e papoulas e o despontar de rosas e flores outras, todas brancas. Tanto fez que ainda hoje há quem consiga ver pétalas no seu rosto quando varre o chão de uma cela.

# Vício lascivo

Rosa Maria não esteve entre os vinte indígenas presentes na cerimônia na qual dom Matias foi condecorado, junto com os outros missionários, pela atuação corajosa na grande epidemia, da qual haviam gloriosamente escapado.

Foi na rua Itamaracá, nas proximidades da catedral e do cais do porto em Manaus, o lugar em que ocorreu a cerimônia, que também inaugurou uma exposição itinerante para celebrar e divulgar o triunfo civilizatório na região. Era semana da pátria, tremulava a bandeira brasileira no portão enferrujado de um velho casarão perto do rio, alugado para o evento.

Enormes e rebuscadas molduras douradas deixavam à mostra o gesso branco que circundava as fotografias onde o bispo aparecia ao lado de autoridades civis e militares. Ele faz solenes mesuras, com sua mitra e faixa vermelhas, diante do representante oficial do presidente. Como em todo e qualquer país, o hino nacional será entoado. Rosa Maria não conseguiria cantar junto, se lá estivesse. Reconheceria, na imagem suspensa na parede, as mãos sardentas que um dia a haviam segurado com tanto vigor só para abandoná-la depois no corredor escuro de um casarão desconhecido. Uma renúncia instintiva a impediria de participar de tudo aquilo. Irmã Isabel em seu hábito branco impecável, embora o quadro a retratasse se arriscando em travessias de riachos e igarapés, desafiando a si mesma, provavelmente suada, equilibrando-se em estreitos troncos de árvores. Uma das mãos semiencoberta pelo traje, a outra segurando firme uma maleta branca de curativos.

Irmã Isabel pouco envelhecera desde a época em que a trouxera definitivamente do rio Negro. Tinha poucas rugas apesar de haver combatido com coragem muitas outras epidemias que ocorreram à medida que estradas, garimpeiros, empresas e mercenários invadiam a região. Os conflitos que surgiam deixavam dom Matias em estado tão preocupante que ela se desdobrava em extrema dedicação. Mesmo assim, quando a transferiram definitivamente de lá, o bispo sequer parecia dar-se conta de que partia sua mais antiga e fiel escudeira e defensora. Limitou-se a dizer um "Deus lhe abençoe, irmã", que ela retribuiu com um rápido baixar de cabeça que não chegou sequer a finalizar um cumprimento: "Se esta for a vontade Dele, dom Matias".

Não muito tempo depois que as quatro meninas haviam partido, o bispo começou a misturar com mais frequência seus atos coléricos a prantos mal escondidos na clausura. Foi quando no povoado surgiram informações sobre os que chegavam, e elas podiam ser assim: "Aquele veio porque é pistoleiro. Queria matar sem cometer pecado. Fugiu da penitenciária de Manaus e chegou aqui pensando que índio não tem alma". Irmã Isabel ouvira, tensa, um jovem gritar a dom Matias: "Eu vim porque sou revolucionário. Com esse golpe de 1964, os índios precisam pegar em armas. Acredito que a guerrilha e o socialismo são mais úteis a esses povos do que essa igreja e do que o senhor, seu padreco, com sua espiritualidade pusilânime. Seu bispo, o senhor impede a ação política, o engajamento dos índios, o senhor não passa de um déspota ultrapassado. Isso aqui é mais pernicioso do que a Inquisição, do que a Reforma, é pior até do que a umbanda! Leia Nietzsche! Aprenda a acreditar em Marx!".

— Caro jovem, nunca houve mais eficiente revolução do que esta: a que nos ensina a selar e catalogar almas.

O jovem joga panfletos sobre sua mesa, o bispo permanece impassível e parece não ouvir os gritos: "Seu padreco, o senhor não percebe o crime que comete ao se aliar a esses militares reacionários e torturadores?".

Antônio Sávio expulsou o rapaz do gabinete, penalizado com a angústia trêmula de dom Matias e, no outro dia, irmã Isabel não precisou preparar o desjejum do bispo, cuja saúde estava fragilizada a ponto de já não conseguir sequer fazer amanhecer o dia.

Pouco havia sido alterado no corpo de irmã Isabel, assim como em seu espírito, capaz de transcender misticamente sem se desgarrar da lucidez carnal nem de sua assepsia exagerada, que tanto confundia Antônio Sávio e fez Mariana Aparecida empreender uma luta que acabou se transformando num vício lascivo que o deixava sempre mais atordoado. Um vício fortalecido com o tempo e que perdurou até aqueles dias, quando a mestiça distribuía picolé aos netos após a missa domingueira e ainda balançava a cabeça negativamente quando via Laura Dimas encostada na porta da igreja. Décadas de vícios que haviam nascido dos medos rancorosos que sentia quando Antônio Sávio chegava falando sobre a freira.

Certa vez, havia parado de torrar farinha para contar como havia sido:

— Mariana, sonhei de novo, ela tava calma atrás de umas cortinas onde dorme. Tudo limpinho, ela se ajoelhou perto da cama, primeiro tirou o crucifixo, depois aquele pano engomado de cima do peito, e ia colocando tudo na cama. Depois tirou a blusa de manga comprida, tirou o avental, uma saia, mas aí não parava mais. Tinha outra saia, outro avental, outra saia, outra blusa... outro pano, tudo outro...

— E aí?

— Mas então apareceu a perna dela, bem fininha, bem branquinha, eu respirei alto e ela perguntou quem estava lá.

— E depois?

— Daí é invenção minha, eu não vi a perna dela nem nada, nem a ponta do pé, porque a roupa não acabava. Só vi ela tirar o véu, uma touca, jogou o cabelo todo pra baixo e ficou um bom tempo assim, sentada na beira da cama com o pescoço e o cabelo caindo, quase encostando no assoalho, depois ela jogou tudo pra trás e ficou certinho, nem precisava pente. Tudo arrumadinho. Ela deitou na cama e a roupa dela mudava ligeiro de cor, era preta e depois branca, preta e depois branca, não parava de mudar. Era uma roupa macia como seda, mas como chumbo também, porque não se enxergava nada lá dentro. Ela quis apagar a vela acesa perto da cama, abanava com a mão, abanava, abanava... mas a vela não apagava, não apagava de jeito nenhum.

— Acabou a bobagem, Antônio Sávio?

— Não. Eu fiz outro barulho, ela perguntou de novo: Quem está aí? Dom Matias? Eu queria dizer que era sim, pra eu chegar perto dela, mas se eu falasse ela ia saber que não era ele. Quase me sufocava prendendo a respiração alta no meu peito. Esperei a vela acabar pra chegar perto, mas a vela era grossa e irmã Isabel não conseguia apagar.

— Mas por quê?

— Sabe por quê, Mariana? Porque tu não deixavas, tu estavas no meu sonho pra não deixar a vela se apagar. Eu vi que eras tu no meu sonho, pondo a mão pro sopro da freira não chegar no fogo. Eu te vi, Mariana. Eu juro que eras tu. Eu juro!

— Me arranca deste sonho, índio paspalhão. Eu não estava lá, nem quero aparecer em sonhos assim. Vou contar pro bispo essa imaginação.

— Não precisa, eu confesso no domingo. Vou contar o que tu fazes também.

Nenhum dos dois cumpriria as ameaças. Instintivamente a mestiça achava que deveria protegê-lo com seus vícios concretos e sensuais.

— Eu odeio tua humilhação, Antônio Sávio. É disso que eu sei ter ódio.

# Gota azul

Irmã Isabel desceu até o pé da velha escadaria que levava ao imenso salão onde haviam montado exposição. A freira continuava com seu hábito impecavelmente alvo, a mesma brancura que impressionava Antônio Sávio, para quem a freira parecia emergir das nuvens e ainda com um tal cheiro mais cheiroso do que as alfazemas e flores de laranjeira, odor tão misterioso que o atordoava.

Na calçada em frente à exposição, passavam cachorros famintos que latiam atrás de homens ainda mais famintos e sujos. Um grupo de três mulheres cambaleantes jogava garrafas no chão. Parecia que o sagrado do mundo era espatifado por estranhezas inconcebíveis. O sagrado do mundo que a freira ainda tentava resgatar. Irmã Isabel olhou para uma visitante com o pescoço caído para o lado, observou os movimentos exatos de suas pernas, que pareciam nadar no asfalto. Sim, era ela: Rosa Maria, inconfundível. Talvez tenha sido este um dos raros momentos em que a freira pareceu chorar miúdo, como se uma dor desafiadora assim tivesse permitido. Choro inofensivo diante da chuva que horas depois arrebentou ruas e destroçou o asfalto da avenida principal da cidade, junto com as águas represadas de igarapés e rios que, revoltadas, vieram à tona.

Além da mulher com o rosto caído para o lado, o que fez irmã Isabel dar prolongadas voltas nos cadeados da memória foram as lembranças do pânico de dom Matias à medida que ia perdendo o controle sobre os índios da região.

Já não passavam por ele as parcas correspondências que saíam ou chegavam, perdia a posse das intimidades que adquiria com as confissões, não mais acompanhava na íntegra o fluxo de informações sobre os estranhos e o controle das embarcações.

— Irmã Isabel, há chegadas para esta semana?

Ela verificava no caderno comprido de capa dura:

— Previstas não, dom Matias.

— Então esse é o problema, irmã. Devem-se temer justamente as embarcações que chegam inesperadas e sem alarde. Quem prevê como podem soar? Além disso, irmã, da mesma maneira que chegam podem partir, levando aquilo de que mais necessitamos.

Dom Matias não escondia a insatisfação quando, à medida que o tempo passava, algumas vezes lembravam-se de convidá-lo para reuniões fechadas onde o lugar já não era a missão, mas o gabinete da prefeitura. E ele não sabia o que dizer quando os assuntos versavam sobre a inserção política e econômica daquela região no contexto mundial, a globalização cultural, os recursos minerais, a política de meio ambiente, o último conflito entre garimpeiros e índios, que, forçosamente, deveriam esconder para que não houvesse repercussões fora do povoado.

Dom Matias cochilava enquanto se discutiam as estratégias para a entrada definitiva de empresas no que restava para ser invadido das terras indígenas e nas formas sutis para expulsar aqueles que viam o que ali se passava. Temiam as denúncias, armavam ciladas para manter o sigilo dos massacres e conflitos. Às vezes, o bispo tentava queixar-se das seitas que começavam a disputar e enfrentar a soberania do cristianismo — propagava-se a instalação de igrejas protestantes, messiânicas, centros espíritas —, mas o forçavam a calar-se, dando-lhe tapinhas nas costas acompanhados de sutis e compadecidos gracejos que viravam gargalhadas quando ele sumia.

Irmã Isabel vê que Rosa Maria vira as costas, cata pedaços de cigarro no chão, está prestes a quê? A freira segue lamentando: "Coitado de dom Matias se a visse assim, depois de tudo que ele fez... que não a veja nunca mais".

Irmã Isabel se recorda então também de Maria Assunção, do rosto suado entre os arbustos. Mas a única frase possível de ser ouvida é a repetição "Coitado de dom Matias". A freira continuava sendo aquela sobre quem nada de preciso era possível ser dito; nem mesmo o porquê de ter deixado as quatro crianças na casa de Judite de maneira tão enérgica e decidida. E nem através dos sonhos de Antônio Sávio ela conseguiu ser devassada, porque neles perdera a consistência. Ele trabalhou na construção de estradas, escolas e igrejas, viu outras aldeias dizimadas, adquiriu um barco, viu bem de perto um deputado do Amazonas e outros bispos que visitaram a missão. Ouvia dom Matias lamentar-se como era incômoda a coceira que as pulgas provocavam em seus pés e, quando se deu conta, irmã Isabel era apenas uma imagem vaporosa de sonhos remotos que às vezes surgiam em noites de cheiros obscuros mas que ele se tornara incapaz de reconhecer ou de se lembrar para contar de novo e de novo a Mariana Aparecida.

Rosa Maria vai dobrando a esquina e irmã Isabel continua, "Coitado de dom Matias", e era como invariavelmente diziam algumas pessoas quando Rosa passava e atrás ficavam os sussurros de "Ah, pobre Ismael!", "Ah, pobre Miguel". "Pobre Marco Antônio" — o rapaz franzino e ingênuo que enveredou com ela atrás de uma única gota azul naquela cidade cheia de bueiros, em dia de chuva torrencial que virou tempestade. E ela, Rosa Maria, fazendo tudo aquilo com o rosto um pouco caído para o lado. Essa foi a maneira mais casta, pura, branda e ferina que encontrou para existir.

# Defende-te de mim

Os dedos delicados de Judite apoiavam-se no corrimão quando dona Leonor chamou Maria Assunção e ordenou:

— Conte uma história. Ande, menina, repita aquela em que um homem ficava de pé em cima de um muro, esperando…

— Eu não lembro dessa.

— Era um homem que olhava para baixo do muro…

— E tinha medo de ir lá e aparecer como bicho feio também?

— Não, não é essa. Invente outra.

— Não posso. Não sei mais.

Os olhos de Judite piscavam descontrolados. Maria Assunção, depois de um soco no estômago, lança-se às pernas de dona Leonor, arrasta-se no chão tentando proteger a boca, mas a senhora, em sua gordura imensa, parece uma vaca de patas enlouquecidas. Judite implorou, do alto da escada, para que Maria Assunção contasse pelo menos uma, mas não foi atendida em seu apelo.

Na hora da sesta, sempre uma das meninas era chamada para embalar dona Leonor, abaná-la para espantar o calor e fazê-la dormir. Num desses dias, Rosa Maria foi acusada de lhe proporcionar o mais tenebroso dos pesadelos quando, tendo a senhora já caído no sono, cochilou junto. Sem brisa e sem balanço, dona Leonor acordou. Saltou furiosa da rede... e Rosa Maria não despertou nem pressentiu a tortura que a atingiria.

Sem apelo de ninguém, Maria Assunção arregimentou uma força extraordinária na voz e, escondida atrás de uma porta, começou a gritar que "Um certo dia, então... alguém com o peito abalado esquecia tanto que nem eu posso continuar... porque era uma vez, era uma vez minha senhora, uma vez Rosa Maria...". Naquele momento, a senhora surpreendentemente começou a chorar, a espancar chorando. Nela havia se entranhado a forma correta de espancar: sabia os lugares exatos onde mais doía e, muitas vezes chorando, batia até se paralisar, angustiada. Depois, balançava-se com mais velocidade numa cadeira de palha que rangia solene quando ela acordava jurando que, a seu redor, havia uma grande farsa que deveria ser desmontada. E então se voltava furiosa contra as meninas, violentando e violentada: "Defende-te de mim, Maria Assunção, porque tens uma cabeça piolhenta de onde só saem mentiras esquisitas!".

— Defenda-se de mim, senhora, porque já a vi chorando escondida.

Dentre as quatro meninas, a senhora voltava-se principalmente contra Rosa Maria, que, com o passar do tempo, parecia ficar cada vez mais inerte diante de tudo. Conforme isso acontecia, a senhora a torturava ainda mais: "Defende-te de mim, Rosa Maria, índia lerda, índia da fala atrapalhada. Mas que, mesmo assim, vejam só... teve a felicidade de nascer com a pele mais branca do que a minha. Rosa Maria, índia branca desgraçada!".

Certa noite, Maria Assunção escalou sacos de feijão, de arroz, farinha e batata, estocados na despensa do casarão antigo. A luz do fósforo denunciou a menina semideitada num canto, com mechas de cabelos grudadas numa ferida ainda sangrando um pouco, e hematomas no corpo, onde já nasciam os seios. Rosa Maria repetia um chamado distante e fraco: "Assunção, Assunção… vem?".

Maria Assunção aproximou-se, lambia, esfregava cuspe tentando limpar a mancha de sangue coagulado na ponta do nariz e numa das orelhas encardidas da amiga, enquanto a saudade de dom Matias transformava-se num ódio dolorido e impotente diante do elo entre aquele corpo corroído e os juízes, delegados e autoridades que frequentavam a casa de dona Leonor, e diante dos quais as meninas eram obrigadas a se exibir, marcadas pelos ferimentos que a senhora mesma causava e sem que isso provocasse qualquer reação.

A senhora era reverenciada e, às vezes, chorava enquanto batia. Depois, com as meninas de pé ao seu redor, fechava os olhos como se estivesse em transe e, com a cabeça próxima ao aviso para que Deus desse em dobro tudo o que lhe desejassem, ela praguejava contra os juízes que, junto com suas famílias, vinham ao seu casarão e consumiam suculentos pratos de tartaruga. Praguejava também contra os delegados, que a prenderiam caso não ocultasse os crimes que eles praticavam. Praguejava igualmente contra os políticos, que viviam a seus pés pedindo que rezasse para que conseguissem cada vez mais poder sobre aquela província. Dona Leonor iludia-os, porque realmente odiava aqueles brancos, detestava aqueles comerciantes asquerosos que a pisoteariam, que a levariam a uma escravidão nunca superada caso não provasse que sabia gritar. Que sabia bater muito bem, mesmo chorando. Mas às vezes ocorria de, depois, ela chamar as meninas e lhes ensinar orações caseiras contra homens grosseiros, daqueles que sempre a deixavam em pânico, ensinar como deveriam preparar unguentos com mastruz, copaíba ou andiroba para aliviar os machucados, ou como poderiam esconder no corpo pedaços de folhas como urtiga ou arruda, de sorte a minar as forças de quem quisesse lhes causar qualquer mal.

Maria Assunção pensava nisso enquanto contava histórias para Rosa Maria. Ao tentar ir embora, ouviu de novo: "Assunção, Assunção... vem?". Respondeu-lhe: "Espera, índia mijona, eu volto".

Espera, Rosa Maria.

Dias depois, a boca ainda partida por uma nova patada de vaca enlouquecida, ela e Maria Índia estrepavam-se nas cercas vizinhas, numa fuga triste, porque Maria Rita e principalmente Rosa Maria, desta vez, não iam junto. As duas corriam pelos quintais, subiam e desciam muros, velozes e compassadas, antes que os padeiros, com seus gritos, acordassem o bairro. "Nós vamos pra onde, Maria Assunção?", perguntava Maria Índia, ao que ela, murmurando, respondia que tivesse calma, que iriam para uma fortaleza onde pudessem dormir, comer, crescer e combater o ser que desejava consumi-las tão depressa.

— A gente tá fugindo, Assunção?

— Mais ou menos. A gente só faz ir. A gente vai.

— Me espera.

— Me espera também.

— Tu és freira?

— Vou ser. Só depois.

— Como irmã Isabel?

— Sim. Um pouco.

— Por quê?

— Porque defende. A gente precisa.

— Defende do quê?

— De nada.

— Me leva.

— Me leva também.

— Que é isso?

— Açúcar.

— Tu roubaste?

— Sim.

— De onde?

— Da despensa. Pra melhorar.

— Eu também quero.

— É pra nós duas.

— Vamos?

— Vamos.

— Me leva.

— Me leva também.

Maria Assunção partiu ouvindo o eco "Assunção, Assunção... vem?". Mas o ardor da fuga era sólido. Como sólido era o eco ao qual ela não podia ceder. Estavam no meio da cidade, com seus portões pesados, em ruas desconhecidas e intransponíveis. Dirigiram-se para o mercado à beira do qual havia o rio e onde ninguém olhou com perplexidade as queimaduras de ferro quente nos braços de Maria Índia. Havia algo de sereno naquele lugar, despertando em Maria Assunção uma certa segurança, como um ranger de dentes desagradável, mas que lhe indicava os motivos de uma ausência, embora persistisse nela o eco de Rosa Maria: "Assunção, Assunção... vem?".

# PARTE III

# Cor que não tem nem nome ainda

Magda havia percebido os prenúncios da fuga de Maria Assunção logo nos primeiros dias da sua chegada com as outras três meninas, quando foi ensinar-lhes seus afazeres diários. Magda lentamente abriu os dois lados da porta de madeira muito alta para mostrar como Maria Assunção e Rosa Maria deveriam limpar o quarto de dona Leonor. Mostrou-lhes a penteadeira cheia de perfumes, muitos vestidos e sapatos de salto alto espalhados, porta-joias com relógios, pulseiras, anéis, cordões, gargantilhas, braceletes de ouro. As duas olhavam aquele mundo desconhecido enquanto Magda ensinava como deveriam lidar com a dona da casa: como vesti-la com as saias plissadas, abotoar as blusas bordadas, fechar o zíper dos vestidos rendados, calçar seus sapatos e, principalmente, as consequências doloridas que enfrentariam caso cometessem algum deslize nesses momentos.

Magda percebeu que Maria Assunção não a escutava, e quando disse "Olha pra cá, vai te custar caro se tu não aprenderes tudo isso", a menina cravou-lhe um olhar que anunciava um desafio impetuoso, capaz de ir cortando os destinos falsos que criavam para ela. Ímpeto que seria perigoso para Rosa Maria. Magda pensava que, ao contrário dela, Assunção tinha um eixo capaz de fincá-la contra as ventanias. Vendavais que Maria Assunção já parecia sentir ali naquele quarto.

— Assunção, olha pra cá com atenção. Estás vendo essas chinelas? É pra não sair de perto da cama, pra dona Leonor meter os pés assim que acordar. Entendeste? Isso é pra não esquecer.

— Mas quando eu puder eu esqueço. Eu vou querer esquecer.

Magda viu nos olhos de Assunção aquilo que na missão despertava tanta antipatia contra ela. Resolveu mostrar às duas a máquina de costura Singer que só ela tinha autorização para usar. Também lhes mostrou um vidro com botões coloridos, de onde retirou um a um para ensinar a Rosa Maria o nome exato das cores.

— Rosa Maria, este é laranja, este é amarelo.

E Rosa Maria confirmava levantando os braços ou balançando a cabeça.

— Agora é tua vez, Assunção. Quer cor é esta?

— Azul-amarelada com verde-escuro alaranjado branco amarronzado.

— Estás errada, esse botão aqui é azul. Égua, que menina lesa!

— Errei não. Tem uma cor que ninguém descobriu no mundo e só Rosa Maria sabe. Mas ela não diz. Cor que não tem nem nome ainda.

Magda passou dias sobressaltada, vigiava Assunção pois sabia que um dia a casa amanheceria sem ela. Tinha certeza de que Rosa Maria ficaria ali até que um arranjo qualquer surgisse para ajudar a manter sua subsistência. Maria Assunção não, essa precisava correr, com sua voz tropeçada, até que chegasse aonde deveria.

Magda fechava os olhos, não dizia nem a si o rumo a ser tomado por aquela voz, que poderia até demorar, mas um dia chegaria ao lugar predestinado. Lugar que Magda parecia desejar ou já saber. Magda, com o rosto envolto na fumaça dos fogareiros e sua mística devoção política, sinalizava um trajeto quase sem fim.

Desde que fugiu da casa de dona Leonor nunca mais Maria Assunção voltou a ver Magda. Exceto quando passava as mãos no próprio rosto longilíneo e sentia a ossatura forte sustentando sua pele, não como uma máscara, mas como um entranhamento que conduzia seus olhos para um quarto com um vidro de botões coloridos. O vidro que Rosa Maria deixou espatifar-se no chão. E, imediatamente, ainda com estrondo do vidro quebrado, com o choro baixo de Rosa Maria, com o ruído das cores que rolavam, Maria Assunção e Magda disseram juntas: "Quem quebrou fui eu!".

# Anamã e Alonso

"... um dia eu mesma, Maria Assunção, que ainda não esquecera os assovios de Lauriano Navarro quando, ainda jovem, passava todo dia em frente à missão para ir caçar, estava deitada num lençol florido e muito serena ouvindo a Voz Praiana, o alto-falante do Mercado Municipal de Manaus, onde eram anunciados os avisos e recados do interior do Amazonas para aquela cidade. Eu vivia numa sala diante de uma barbearia muito antiga de um português, para onde ainda iam homens com os cabelos melados de brilhantina, com paletós brancos engomados e bengalas. Na época, quando estava em pleno funcionamento, eu gostava de olhar suas cadeiras, armários, bacias, escovas e aparelhos do início do século. Alguém sempre entrava ali fortuitamente e, quando isso acontecia, logo aparecia na porta a tabuleta com o aviso 'Hoje não haverá atendimento'.

"O lugar era rusticamente bonito. Próximo dali, Anamã e eu montamos uma espécie de bazar em que colocamos painéis amazônicos com índias nuas flechando, lagos rodeados com garças, matas escandalosamente verdes, bizarros cipós, onças, raízes, caboclos com cobras enroladas nos braços e no pescoço. Vivíamos com o que ganhávamos com aquele cenário, pois Anamã tinha o corpo e o rosto acessíveis para tudo e, sendo assim, posava diariamente para os turistas, podendo ser índio com tanga, soldado furioso, cigana sedentária, moça romântica com álbum de recordação, adolescente aplicada, pirata com cem olhos, mosca amarela.

"Anamã era ágil e temperamental. Certa vez entrou na sala, com pressa: 'Maria Assunção, preciso de uma noiva pra hoje à tarde!'. Só consegui aprontar a parte da frente da roupa porque se eu dissesse não Anamã jurava vingança e, na verdade, eu gostava de ficar escolhendo cores dos botões, de alisar tecidos e fitas, encher seu corpo com quinquilharias enquanto ele repetia que estava virando um fidalgo. Naquele dia, iria posar como uma noiva decepada e não reclamou, ao contrário dos seus instantes de fúria quando foi capaz de estraçalhar até com os dentes a roupa de bailarina que nem chegou a usar. Antes de sair, Anamã olhou-se no espelho, não deixou que eu lhe passasse batom, disse-me apenas, 'Assunção, minha querida, hoje não quero nada superficial'. Beijou-me e não o encontrei nunca mais, assim como a ninguém interessou saber por que, desde aquele dia, jamais haviam retirado a tabuleta pendurada na porta daquela barbearia, a partir de então sempre sem ninguém.

"Eu estava deitada, lembrando de Anamã, quando Alonso abriu a janela e comentei como era estranho que Manaus fosse uma cidade construída de costas para o rio Negro, às margens do qual fora erguida. Havia cheiro de dia amanhecendo, os homens gritavam o que tinham pescado, as mulheres arrumavam seus tabuleiros que exalavam o cheiro forte de café com pupunhas e tapiocas, Alonso fumava muito e disse que havia sonhado com a história que eu lhe contara e que começava com uma mulher gorda que vivia debaixo de uma mangueira e dava comida às pombas. Às vezes, leves folhas permaneciam coladas no seu corpo por horas e horas sem que ela percebesse. Era uma história que eu havia feito tocando suas costas que eram muito macias. Ele me beliscou para que eu acordasse de vez e me perguntou: O que é isso? E isso? Molhei um dedo com cuspe e passei rapidamente no braço, dizendo que era um arranhão de escada. Tinha o vício de agir assim sempre que alguém perguntava sobre aquelas marcas. Dizia que não era nada, mergulhada na vergonha de que me arrancassem a roupa em público apontando para o que estava em mim mas que era a marca deixada pelo outro.

"Eu continuei repetindo a história daquela mulher que dava comida para as pombas mas ninguém compreendia por que os voos eram tão rasteiros e rápidos como se elas fossem aves tontas e desequilibradas em seus circuitos nauseabundos.

"Sobre aquele lençol eu olhava para um canto onde estavam os restos de fantasias que havia feito para Anamã — ele tinha a voz muito bonita e gostava de fazer shows onde se apresentava como 'a rainha do céu'. Em certa época do ano, uma multidão de turistas invadia o cais do porto manauara para assistir às festas de São Pedro, período em que Anamã cantava muito e posava várias vezes por dia. Ganhávamos bastante dinheiro e, quando era assim, ele sumia até que voltasse sem nada e as poses recomeçassem. Foi num desses períodos de festa que conheci Pena Branca, alguém que me ouviu e perguntou: 'Maria Assunção, você aceita voltar àquele povoado no rio Negro e contar uma história?'.

"Eu estava com muita saudade de lá, com necessidade de olhar a missão que havia aumentado tanto, com necessidade de ver dona Laura Dimas, de ouvir Lauriano Navarro, de olhar dom Matias Lana e perguntar: 'O senhor ainda se lembra de mim? Parti daqui muito criança. Teve medo? Por quê?'. Minha ansiedade de regresso era tamanha que, andando sozinha naquele cais manauara, olhava o rio e sonhava que mansamente ultrapassava aqueles milhares de quilômetros e chegava até lá, ao povoado onde Laura Dimas continuava indo à beira do barranco e pressentia que o vulto no meio do rio fosse eu, mas descobria o engano porque Maria Assunção não poderia passar tão sem mais ninguém — onde estavam as outras? Lauriano Navarro, de quem eu me lembrava também sentado, musculoso e calado preparando sua zarabatana e dardos para a caça, sentiu algo estranho naquela madrugada, mas foi incapaz de me reconhecer daquela maneira, tão rígida para os ventos.

"Quando Pena Branca foi nos visitar, Anamá e eu enfeitamos aquela sala com muitas flores brancas, ficou tudo amplo e iluminado, fizemos licor de açaí, buriti e cupuaçu mas Pena Branca espirrou muito, dizendo que tinha alergia a pólen. Anamá me disse em segredo que aquilo era mau sinal, sinal de azar. Eu brinquei. Disse-lhe que sentia inveja porque eu ia embora e ele ia ficar ali, comprando pão melado com açúcar e moscas daqueles vendedores que lentamente remavam. Mas Anamá foi embora antes de mim, com seu temperamento explosivo, terno, fogoso. Contei a Pena Branca a intuição de que eu ia ficar enterrada naquelas pedras de lá, mas ele respondeu:

"— Se isso acontecer eu dinamito as rochas. Até que a história apareça.

"Não prevíamos aquela noite na cela quando o delegado garantiu que lá ninguém entraria e, quando percebi, Catarino a invadira em zigue-zague, embora pudesse ter voltado sem nada acontecer. Mas eu mesma repeti seu nome para que ele me ouvisse e ajudasse a fugir e, quando me vi, puxava seu cabelo dizendo que era eu, Maria Assunção, amiga de Lauriano Navarro e de Rosa Maria. Ele parecia nem ouvir, e eu mesma havia esquecido que, antes da minha partida, ele já estava daquele jeito, desorientado, sem que ninguém o entendesse. Esqueci completamente minha história, do contrário não o teria chamado para que rompesse assim o seu silêncio.

"Alonso tinha a pele muito macia, eu estava num lençol florido e terminei dizendo que as pombas não engoliam o milho porque tinham um buraco na garganta, feito justamente para que voassem daquela maneira. Ele me perguntou o porquê e eu disse a ele que pensasse: 'Pense, Alonso, pense, lembre. A história já foi contada'."

# Alonso e Anamá

"… havia passado tempo e eu mesma, Maria Assunção, estava ainda naquele lençol florido. Alonso ouvia o barulho das embarcações e eu lembrava como Anamá passava tempos pensando sobre um mesmo assunto; passou meses pensando sobre contos de fadas, meses pensando sobre o amor, meses pensando sobre o tal do pensamento máximo, sobre tortas de cupuaçu, sobre o que não era possível deixar de existir, sobre o que pediria se fosse caminhando descuidado e um cometa passasse rapidamente. Ficava dias obcecado por uma única cor. Certa noite fomos ver os turistas perto dos hotéis, pois ele gostava de ver pessoas diferentes, pedia que eu copiasse o modelo de roupas, o corte dos cabelos, os recursos das maquiagens. Estávamos sentados na beira da calçada e assistimos a tudo. Nós assistimos a tudo! Ele me perguntou: 'Maria Assunção, vês o que eu vejo ou eu me engano?'. Eu respondi que ele acreditasse no que fosse possível.

"— Se acreditas, Anamá, é realidade.

"Baixamos a cabeça sobre os joelhos. Ele pediu que eu inventasse uma música urgente, subiu correndo as escadas da palafita, que tinham na madeira a medida da última enchente, esbarrou nos casais que dançavam, tropeçou, pegou o microfone e começou desafinado, 'Lá vai…'. Ele não conseguia mais nada além disso, até que conseguiu, 'Lá vai a mulher passando, do outro lado da rua; eu digo que lhe falta um pedaço do braço, outros dizem que foi mordida do cão, do homem, da lepra; entretanto ela sorri ironicamente e diz que nos falta um pedaço do olho'. A voz de Anamã. Quem não a conhecia naquele cais? Mas, naquela noite, ele foi vaiado, pediram que o conjunto continuasse tocando; na volta, ele jurou que eu era a culpada por todo o seu fracasso porque a música não combinava em nada com o que tínhamos visto. 'Tu me desafinaste, Maria Assunção.'

"Eu ainda vivia naquela sala onde havia morado com Anamã e já era época de lembrar como, no segundo dia na prisão, depois daquela noite, buscava no meio daquele pequeno grupo que me olhava a presença de Lauriano Navarro que, apesar de imitar o barulho das cachoeiras na garganta, sabia fazer um silêncio capaz de derrubar com a zarabatana um grupo de macacos ou aves uma por uma, até o fim, sem que o grupo debandasse. Depois, quando os bichos estavam caídos no chão, ele recolhia tudo, no mais esquecido sossego, até que começava novamente com a água jorrando da garganta.

"Lauriano Navarro pertencia a um dos grupos mais isolados que naquele tempo ainda viviam na mata fechada sem contato com os missionários ou não índios e, por isso, eram índios que começavam a ser desprezados pelos outros que viviam mais próximos dos rios, viam sempre os estranhos que chegavam e tinham filhos internos na missão. Os missionários conseguiram levar daquela aldeia isolada seis índios que fugiram de volta e foram recebidos com muita festa pelos parentes. Lauriano estava nesse grupo, mas ele era muito esquisito e, quando cresceu um pouco mais, foi viver sozinho numa cabana, passando a fazer serviços para os missionários, para os comerciantes de sorva, balata e cipó. De dentro da cela eu não o via, fui olhando pessoa por pessoa, uma a uma. Só através do som descobri que era ele; fiquei pensando no que teria lhe acontecido, mas o delegado entrou ali apressado e trêmulo, mentindo que naquele mesmo dia eu seria solta. Pediu desculpas e mostrou orgulho por ser um excelente cumpridor de ordens da juíza — apesar de saber que havia algo errado naquela obediência. Sobre eles, dom Matias já não exercia nenhum poder."

# Abalos das palavras do mundo

A notícia da fuga, alardeada quando Judite acordava, aumentou o tamanho do casarão, a senhora aumentou de proporção e de força. Aumentavam a amplidão e o peso dos paneiros com farinha que eram arrastados nos corredores e na cozinha pelos braços daquelas mulheres que quando ali haviam entrado, ainda sem vestígios de adultas, haviam sido enfileiradas para que, diante dos seus braços caídos e paralisados, a senhora as revistasse minuciosamente e, entre gargalhadas, desse a cada uma o apelido mais humilhante e infalível, contrariando tudo o que fosse belo, humano, útil, racional ou delicado. As palavras, para dona Leonor, deviam ferir.

Nesse dia, o vácuo no peito de Judite se expandiu junto com o mofo dos móveis, os ratos no telhado e as teias de aranha. Essa amplidão a impediu de sair do quarto com portas imensas em todas as paredes, construídas para que estivesse sempre à vista, vigiada, e sua proteção de adolescente fosse assim facilitada.

A visita do dr. Pedro Saldanha, chamado para verificar seu estado de fraqueza, deixou-a mais constrangida diante de Rosa Maria, que, agora, deveria ajudá-la a subir as escadas, a calçar-lhe os sapatos e permanecer ao seu lado ao cair da tarde, quando Judite ficava olhando pela janela como uma princesa encarcerada em desalento. Recebia olhares chispando de ressentimento daquelas mulheres, o que às vezes lhe enfraquecia o ar e fazia com que seus cílios ficassem ainda mais frenéticos. "Como fazer para que gostem de mim? Quem será capaz de me amar e proteger mais do que esta senhora que as maltrata?" E as mulheres continuavam a atormentá-la com suas chispas de ressentimentos. Como se ela, como se seus olhos de cristã e civilizada também não piscassem freneticamente por todas elas.

Judite recorreu a Rosa Maria, como antes havia recorrido a Maria Assunção, quando esta ainda estava entre elas. Mas o rosto de Rosa Maria, agora, aumentava seu medo da amplidão desconhecida do mundo lá fora. Um mundo que continuava chegando-lhe através daquelas mulheres arrebanhadas e que Rosa Maria passou a querer devassar olhando pelas janelas, sem fitar quase mais ninguém. Sem fitar sequer Judite, como antes, quando a senhora as proibia de conversar e elas se lançavam em gestos, murmúrios e meios risos e o casarão se tornava menor e a senhora menos gigantesca.

Judite distanciou-se de Rosa Maria, voltando a admirar sua coleção de bonecas, sem poder tocá-las porque era proibida de brincar. Na hora do crepúsculo, seguiu a rotina de sentar-se numa cadeira de pernas muito altas, feita sob medida para ela, de onde olhava, através das grades da janela, as pessoas do bairro que passavam, muitas parando para observar suas roupas, as joias e o penteado muito alto, feito especialmente para ela, e sempre com algo que reluzia.

Ficava nisso até o momento em que começavam a passar com os fogareiros e a casa recendia a incensos, ervas, chifres de boi, e ela, enfim, entrava em seu quarto desejando uma volta, mesmo que humilhante, de Maria Assunção. Costumeiramente, havia quem encontrasse as cativas que fugiam e as devolvesse, cabisbaixas, diante da pequena plateia doméstica, na defensiva diante do poder que a senhora possuía de violentar profundezas com as palavras, com os braços, com as mãos.

Por meses Judite continuou indo ao segundo andar do casarão, de onde seu olhar percorria as telhas antigas e a chaminé da cozinha. Distraía-se contando as mangas que rolavam naquele teto e admirava as araras espalhadas no quintal. Dona Leonor obrigava que estivessem sempre com as asas cortadas, para que não debandassem com seus gritos. Três vezes por dia, tocava naquelas aves com uma vareta muito comprida ensinando que repetissem: "A patroa passa bem? Quer que lhe sirva em alguma coisa?". Quando ouvia a saudação, sorria agradecida.

Rosa Maria crescia com o rosto plácido e emudecido, e cada vez mais lenta. Isso melhor se percebia quando havia relâmpagos, e ela era incumbida de subir e descer escadas para cobrir os espelhos, os objetos pontiagudos e os de aço, como tesouras, alicates, garfos e facas, para que os raios não fossem atraídos ao casarão. Diziam que perdera de vez os sentimentos, que lhe faltava sangue nas veias ou que o cérebro havia enfraquecido, pois a surpreendiam levantando levemente as cortinas e olhando para o espaço, sempre calada, buscando cumplicidade na própria solidão. Equivocavam-se. É que, desgraçadamente, já havia os anjos, os anjos que bradavam a ela.

Na cerimônia de seu casamento, tentou livrar-se deles, do estado de suspensão em que a deixavam. E o que desejavam eles, os anjos — principalmente o de roupa cor-de-rosa, que tinha os dedos longos direcionados a ela como se fosse ao seu encontro —, senão lhe oferecer as setas de como conduzir o barco de sua individual e quase inefável complexidade? Setas impossíveis de serem acionadas e aceitas por onde passava, fazendo-a agir como se estivesse insana. Por isso, às vezes, Rosa Maria odiava aqueles seres egoístas, que a retiravam do mundo, tangendo ao seu redor, fosse arrebatando-a, fosse fazendo com que afundasse vertiginosamente debaixo da terra; mas sempre isolando-a, sempre aqueles malditos anjos, carregando-a e impedindo o rompimento de suas invisíveis cordas. Isolaram-na ainda mais após a partida de Maria Assunção, porque esta sim era capaz de perceber aquilo e roubá-la daqueles seres alados, ajudando-a a deslizar e ficar ali, perto de tudo, de um mundo que também maravilhosamente tangia. Perto daquele mundo para o qual Maria Assunção havia partido, mas onde não caberia uma Rosa Maria, incapaz de correr, de descer ou subir escadas, sem conseguir manter ereto o pescoço diante dos abalos do mundo. E dos abalos das palavras no mundo.

# Festa de casamento

As palavras atravessavam incessantes a sala de Anita Guedes, a pintora que viu Rosa Maria numa manhã de chuva e foi assaltada por um sentimento que a fez paralisar o pincel e observar, entre um traço e outro, a pele no vidro da janela, feita da água, também incessante, que vertia do céu. Pensou nas árvores fortes que as ventanias não conseguem partir ao meio, mas as tomba por inteiro, deixando expostas suas raízes. Inconscientemente, apertou o lábio superior, vendo passar aquela jovem, um pouco desatinada, entre buzinas de automóveis.

Conhecia Rosa Maria de suas visitas à casa de dona Leonor. Ao contrário de Maria Assunção, Rosa Maria nunca havia fugido. Mas seus breves desaparecimentos ficavam agora constantes, e ela varava as ruas sem parecer entender os perigos e avisos da cidade e do mundo.

Numa dessas fugas, Rosa Maria, neta da avó do mundo, como se não houvesse nada a conduzindo, exceto um consistente latejar em seu âmago, caminhava sobre o asfalto, breu quente que parecia um rio estancado, sem o poder de afogá-la ou absorvê-la em suas profundezas, como águas verdadeiras onde sua mãe, de vestido vermelho, havia outrora sucumbido e deixado a crença de poder voltar à superfície novamente. Rosa caminhava como se nadasse, e sentia-se feliz obedecendo as luzes dos semáforos, nada lhe comprimindo. Parou diante de uma vitrine e reparou na expressão de uma boneca japonesa, que sorria. Reconheceu-se nela, imitou o gesto em seu próprio rosto e seguiu vagando, plantada na noite, levando consigo o barulho inesquecível das cachoeiras e de folhas secas devoradas por chamas.

A constância dos sumiços era motivo de desassossego. Magda ficou esperançosa quando soube que a pintora pensava num arranjo matrimonial para Rosa Maria. Era tempo de muitas incertezas e sua proteção às meninas se mostrava cada vez mais insuficiente, tornando impossível prolongar a vida dela na casa. Confiou na pintora que, para alívio de dona Leonor, para quem Rosa Maria era um entulho, a conduziu para sua casa.

Nem levaram a trouxa que Magda preparara para sua partida. Anita Guedes providenciou tudo. Cogitou-se sobre a causa que a levara a se empenhar tanto não apenas em casá-la, mas em dar de presente uma festa de casamento à jovem, a quem mal conhecia. Era sabido o prazer que sentia em oferecer recepções e jantares, quando se ocupava pessoalmente dos arranjos, como enrolar talheres com guardanapos e ramos que prendiam o nome de cada convidado, dispor os candelabros com o mesmo esmero e rigor com que, durante o ano, pintava cortinas de acordo com cada estação. Talvez tenha sido estimulada pelo ócio do inverno.

O certo é que providenciou tudo. Rosa Maria tela crua, vazia, prestes a ser pincelada. A pintora pensou num matrimônio como um desses arranjos sem necessidade de interação, um noivo distante do universo da jovem. Ela não precisava conhecê-lo devidamente, as urgências eram outras.

Magda não estará presente na festa. Seguiu movimentando-se nos compartimentos da casa de dona Leonor, atenta à saúde de Judite e das outras que ainda chegavam, e alerta aos meandros das conversas urdidas, que poderiam recair sobre a vida daquelas meninas. Anos mais tarde, ao se lembrar de

Rosa Maria, enfrentaria a pergunta: "Onde estás agora?". E em suas visões esfumaçadas via que se reencontrariam, Rosa Maria e Maria Assunção, em algum lugar ou tempo inexatos.

Mas naquele momento, na sala de Anita Guedes, tempo e lugar exatos e por ela mesma escolhidos, as palavras de novo atravessavam o espaço, escorriam vivas no hálito dos convidados, que observavam os quadros, os objetos provenientes de longínquas regiões do mundo, recaíam sobre a coleção de orquídeas, sobre instrumentos raros de grupos étnicos ainda definidos como isolados ou exterminados. Palavras eram repetidas, sofriam acréscimos na próxima boca, fortificavam uma ideia e viravam uma corrente, tentando diluir discursos seculares solidamente pronunciados.

As pessoas não estavam ali por causa de Rosa Maria. Eram habituais esses encontros na casa de Anita Guedes. O rosto de Aroldo, o filósofo, era belo, inteligente, suave, e suas palavras corretas enalteciam e desdenhavam as façanhas do século, os atos heroicos que ele chamava de comportamentos ingênuos — "mortes sem sentido", "mortes em vão!". Sim, não! Sim... e as palavras rodopiavam como redemoinhos pela casa.

Dos lábios vermelhos da mulher esguia, Samara Rossi Sweet, irrompeu o ódio. Contava de sua aversão pelos cachorros e seus latidos durante as madrugadas. A raiva foi se espalhando pelos braços erguidos, pela maquiagem tênue, por seus cabelos abundantes e avermelhados — de tanto odiá-los, dizia ter aprendido a distinguir o rosnar de diferentes espécies de caninos, a identificar a idade do animal pela marca de suas mordidas, e jurava que, ao encontrar uma matilha perdida numa planície sem ninguém, facilmente saberia a quem pertencia cada cão.

O filósofo balançava o gelo no copo de uísque. Ouvia, sorridente, aquele discurso fantasticamente compulsivo de quem acreditava que um homem pudesse ter a posse de um cão. O filósofo cada vez mais a olhava, como se o encantasse aquela repugnância que ela sentia e que se estendia também aos peixes. Sim, a aversão dela por essa espécie também era tanta quc a mulher teatralmente imitava, com os braços, os movimentos de uma coleção que durante algum tempo existiu no interior de um aquário. Até o dia em que, terminada sua paciência para esperar que morressem por si, ela os sufocou, impetuosamente, num sanitário de apartamento nova-iorquino.

A história provocou uma explosão de risos. Anita Guedes não se inteirou do motivo porque observava, à distância, a beleza daquelas pessoas tão alegres, exclamativas e elegantes, enquanto as frases continuavam redemoinhando pela casa inteira: velozes, audaciosas ou escondidas, espalhavam argumentos sobre ideologias ultrapassadas, visualizavam ações futuristas, prevendo o inédito, como se não reconhecessem os prenúncios do que já havia acontecido naquilo que ainda esperavam. Empolgadas, discorriam sobre política, jurisdição e jurisprudência, os impasses da ciência, as exigências inesperadas dos grupos ditos minoritários ou sobre cibernética, astuciosamente perseguindo almas.

Anita Guedes, como num choque inesperado, pensou no porquê daquela festa para Rosa Maria, que, alheia, vivendo uma aventura comprimida nela mesma, percorria com o dedo indicador os labirintos dourados da pintura feita na madeira de um armário verde. Algo poderoso e indecifrável parecia existir imerso na jovem, e era isso que explicava a atração que exercia sobre Anita Guedes.

Rosa Maria era sem dúvida a pessoa mais simples e autêntica dentre todos. Atraída e também dependente do que Anita Guedes lhe transmitia naqueles traços que seus dedos percorriam, chamava a atenção pelas atitudes desconcertantes, como se, palpável e espontânea, amparasse palavras que caíam no chão. Mas não, estava tão distraída que sequer ouviu quando as palavras começaram a recair sobre si.

Não percebeu, pois, os olhos de George Sarmento, o adido cultural, espantados com sua displicência e lepidez, nem escutou a pergunta, dirigida aliás não a ela, claro, mas à mulher que interrompeu seu rancor pelos cães e peixes e lhe respondeu agilmente que no Brasil ainda existiam duzentos e oitenta mil índios que falavam mais de cento e oitenta línguas diferentes. E acrescentou que aquela ali devia ser remanescente de um grupo aculturado que já nem poderia mais ser considerada uma índia porque, baixou o tom de voz, do jeito como olhava para o rapaz de longos cabelos loiros, parecia mais uma prostituída. Uma farsante, talvez.

O adido cultural observou os seios de Rosa, que arfavam; ela se entretinha deslizando os pés no chão de madeira exageradamente polido. Também aos olhos dele, a maneira insistente como Rosa Maria olhava para o rapaz sugeria que estava prestes a segui-lo, a dar-se numa entrega espontânea que só poderia ser justificada pela pulsão erótica.

Em que mais aquele adido de ar um tanto estúpido seria capaz de ancorar seu pensamento ao ver aquilo? Ele resolveu segui-la pelo corredor e a viu sentada de sua maneira excêntrica, a fazer seus gestos desvairados. Não teve coragem de escancarar a porta entreaberta porque, num lampejo que o encheu de vergonha, lembrou-se do que acabara de ouvir: "A empregada de dona Judite, a empregada, a empregada". Continuou parado, observando-a. Quando o percebeu, ela mesma falou, compassadamente, rígida: "Adido, seu pulso não me fala nada. O adido não entende meu vestido roxo. O adido não sabe compreender de mim". E, rindo desdenhosa, com seu franzir costumeiro no alto do nariz, repetiu tantas vezes que ele, irritado, deu as costas, enquanto ela continuava, sozinha: "Empregada de dona Judite, não é? Adido cultural. Adido. Palavra, adido".

Na segunda-feira anterior, em seu escritório, o adido relaxava, rodopiando em sua cadeira giratória. Uma funcionária entra em sua sala, faz-lhe uma recepção festiva, agradável. Ele fica encantado, acredita no abraço, no carinho dela. Ela, porém, visa apenas seus próprios interesses e, polidamente, o elogia. O adido a corteja. Ela sai da sala. Em seu íntimo, ridiculariza-o pelo que ouviu; chama-o de profissional egocêntrico e medíocre. A cena se repete em outros dias. Ela sorri gentil ao vê-lo passar; ele acredita na sinceridade e simpatia dela. Mas pelo rosto carrancudo e antipático de Rosa Maria olhando para ele naquele quarto nada conseguiu sentir além de uma aversão, algo indigesto que esquece rapidamente. "Ah, uma esquizofrênica qualquer. Uma farsante!" Foi-se.

Anita Guedes entrou no quarto e, naturalmente, não estranhou que Rosa Maria jogasse sem parceria e conversasse sozinha. Apenas se surpreendeu diante da constatação de que a jovem de fato não havia compreendido o compromisso matrimonial que acabara de contrair. Mas essa era uma atitude normal, que a salvaria do pior. Rosa Maria era sempre daquele jeito, meu Deus, tão, tão… Ela não sabia ao certo como definir. Dentre as catalogações que fez sobre o noivo, afundado numa imensa poltrona, escolheu como maior mérito o de permanecer sempre como um distante desconhecido. E suspirou, estranhamente aliviada: "Ainda bem, ainda bem. Melhor pra ela!".

# Niilista pós-moderna

Rosa Maria era vulnerável à beleza iluminada da casa de Anita Guedes, mas o desejo de algo na noite, impondo-se, como se a penumbra pudesse lhe proporcionar um encontro de palavras, a fez procurar o faro do luar. Antes de sair, olhou o quintal, a agradável varanda circundada de plantas e flores, admirou os belos rostos, que horas atrás estavam loquazes, e foi percebida uma mulher de quadris largos e roupa preta, que tinha as faces escondidas entre os longos cabelos. Observou a saída daquela noiva enigmática.

Não estava ali por Rosa Maria e achava até melhor que esta fosse embora, pois assim escapava de vez da obrigação de cumprimentá-la e do expor-se ao vexame, como ocorrera com Antonieta Sobral, que, inebriada por cogitações sobre a distância entre os dedos dos pés, pelo espetáculo dos cabelos sem cachos, que não seguravam enfeites, e também pela renitente cabeça bamba da noiva, reparou que haviam enfim sumido as pegadas no tapete e tentou então demonstrar um afeto inexistente, deixando no rosto de Rosa Maria um simulacro de beijo, do qual esta imediatamente tentou livrar-se, limpando com a barra do vestido a carga de hipocrisia e abjeção que sentira. Comentou-se, com revolta, que os riscos vermelhos a tornaram ainda mais ridícula: "Viu como são? Como não conseguem, como é impossível ajudá-los?", "Olhem a borradeira que ela fez na cara, estragou toda a maquiagem. É muito grosseira!".

*  *  *

O rosto plácido de Rosa Maria parecia desmontar quando ela sorria. Desta vez, exibiu seus dentes marfim e jogou pela sala frases desamparadas: "Roedor de aranha", "Roedores de aranha". Vagava pelo cômodo, rodopiava, brincando com o buquê, dançou bastante, interferia nas conversas entre pares, nos círculos: "Roedores de aranha!".

Aproximou-se de Eliza Medeiros, mulher do adido cultural. Ela tinha curiosidade de saber como as índias que ainda andavam nuas se protegiam durante o fluxo menstrual, mas não ousou perguntar. O marido fazia de conta que não via Rosa, mas, furtivamente, seus olhos cinza a percorriam — sentiu-se intrigado, desiludido, quase triste.

Observou-a quando ela se aproximou outra vez do rapaz de longos cabelos loiros, tocou-lhe nos joelhos e o beijou nos braços, com fartura de saliva. Muitas faces coraram, mas o rapaz não sofria transtorno algum com aquilo. Não estava com a camisa xadrez azul de quando encontrou Laura Dimas e conseguiu travar o pacto necessário para que ela lhe contasse o que provocava a força dos seus tremores e sussurros. Rosa Maria o enlaça, ele vê em seus gestos uma perfeita coreografia da saudade, da saudade dela mesma, e vai retirando devagar um terço azul, que comprimia o tornozelo esquerdo dela e estava ali esquecido desde a tarde, quando a vestiram de noiva.

Sentimentos xenófobos e nacionalistas rotulavam também o moço loiro. De nariz torcido, referiam-se a ele: "Sua língua não consegue captar nossos sentimentos. Só nós, com a sensibilidade latina à flor da pele, podemos compreender a complexidade da questão dos nossos índios; não ele, um anglo-saxão". Entretanto, Rosa Maria não o chamava "roedor de aranha". Tocava no relógio que ele usava, "bonito", "lindo";

roçava-se nele em toques mínimos e com a maestria de uma medusa.

A cena incomodou tanto André Araújo, um leitor compulsivo de romances e candidato a senador, que o tornou surdo aos elogios de Carla Gonçalves, sua mulher, que havia passado a noite chamando-o de superdotado. Indignado, ele agora não parava de comentar a falta de racionalidade que parecia atingir as pessoas em geral, as pessoas ali. Olhou para Rosa Maria, franziu o cenho, não pigarreou porque não tinha esse hábito, mas pronunciou arrogante um discurso misturando princípios iluministas à dificuldade de abstração daquela noiva falando coisas ilógicas como aquele "Roedores de aranha". No fim, asseverou, a fala de Rosa não estava tão longe e até combinava com as opiniões que ouvia ao redor, todas tão medíocres. Ali, apontava ele, "Assunto de mulheres"; lá, "Falsas polêmicas"; aqui à direita, "Bobas discussões partidárias"; do outro lado, "Questões esgotadas".

Falava com severidade. Discorreu sobre Kant, sobre literatura. Quase agonizava de tanta veemência ao comentar sobre a "péssima literatura que alguém como aquela índia poderia inspirar. Sim, ela pode servir para mais um desses péssimos contos que estão sendo produzidos ultimamente; e isso porque os leitores andam muito complacentes, pouco exigentes". E continuou olhando para a noiva: "Ela é uma impulsiva, age por instinto, reparem, nada dela resulta de algo bem pensado, não elabora o raciocínio. Poderia bem ser uma niilista pós-moderna".

Foi se entediando. Àquela hora da noite, poucos estavam dispostos a ouvi-lo. Procurava um intelectual para contestá-lo, alguém que pudesse humilhar em público, alguém que ele pudesse sufocar com o que achava serem suas brilhantes ideias. Não encontrava interlocutor à altura e qualquer diálogo com aquela noiva biruta e insensata era inadmissível. Arriscou uma última opinião: "Encaixava-se perfeitamente no ultrapassado movimento existencialista. Ela lembra a vida, a vida. Ah, a vida... chega de baboseiras!". Fez uma generosa reticência, balançou desdenhosamente a cabeça, torceu o canto da boca e disse: "A vida não se compara ao pensamento, às ideias universais, à moral sublime...".

A esposa assentia, orgulhosa da inteligência elevada do marido. Entusiasmada, completou: "Sim, apenas a vida... ah", e estalou a língua. Aos olhos dela, Rosa Maria era alguém que não sabia carregar com galhardia as imposições que a sociedade determina à mulher.

André Araújo recostou-se no espaldar da cadeira, frustrado por não ter quem o deixasse quase aterrorizado quando um livro que não havia lido era, com ou sem rigor e minúcia, citado. Nesses momentos sentia-se humilhado, desafiado. Era uma enciclopédia de citações. Só não alcançara ainda a segurança de ao menos sentir-se inseguro e dizer um "Não sei". Era incapaz de movimentar-se fora dos discursos conceituais, e, quando as circunstâncias ofereciam esse perigo, procurava alguém para uma disputa intelectual, no âmbito da qual podia, com astuciosa acidez, liberar todo o seu imenso desejo e capacidade de agressão. Vivia à cata de situações para exercitar suas humilhações públicas.

A festa acabava, ele pediu um analgésico para um garçom que passava; estava com dor de cabeça. Punha a culpa no excesso de pensamento, mal-estar ocasionado pelo exagero de reflexões, de leituras: "É, nós, que pensamos demasiado, sofremos sempre essas crises". A enxaqueca do vagabundo ou do mecânico da esquina? Sentimentos banais. Um conto sobre Rosa Maria? Mediocridade cotidiana. Seu mal-estar, não, tão complexo, era consequência de sua genialidade.

Anita Guedes compreendeu a distorção do que desejou ter oferecido a Rosa Maria e interrogou-se do porquê de suportar aquelas pessoas. Estar com eles reforçava a comunicação mútua e seu encanto por aquela noiva, tão distante das estultices de um crítico arrogante e fracassado como André Araújo.

Mas lá estava alguém, acenando para ela, era Pedro Lourenço, e trazia uma máquina fotográfica. Anita Guedes atravessou a sala, deixando mais uma vez de continuar uma reflexão iniciada. Ela não lembraria, muito tempo depois, quem fez a foto onde ela surge com o braço esquerdo no ombro de Rosa Maria. Um gesto maternal, ao lado de uma noiva perseguida por uma ancestralidade quase desaparecida. A imagem daquela festa, considerada pelos convivas a celebração de um ato heroico, ficou resguardada e esquecida numa prateleira entre inúmeros objetos que Anita Guedes coletava mundo afora. Às vezes alguém soprava a foto, passava os dedos sobre o vidro do porta-retratos ou usava um espanador para tirar o pó que entrava da rua pelas janelas.

# Uma enguia

Havia tanta coisa emocionante ali na casa de Anita Guedes, sim, havia! Havia ela própria, enxergando Rosa Maria e beijando-a sem a necessidade daquela mímica grotesca, como outros tinham tentado tocá-la. Havia muito ali. Mas Rosa Maria quis o único ramo de orquídea que sobrara, caído sobre a toalha verde-mar. Apanhou ainda um sabonete fino com desenhos de pequenas estrelas em relevo, enrolou num guardanapo de papel, apertou tudo entre os seios e saiu, levando também o que havia em Anita Guedes e no rapaz de cabelos loiros, capaz de fazê-la pensar em um dia novamente voltar ali.

O vestido não pesava, o asfalto não incomodava seus pés e assim, descontraída, andou, andou, até sentar-se no degrau de mármore da cantaria de um prédio público, encostar a cabeça numa coluna monumental e dormir. Antes de voltar a caminhar, enfrentou um grupo violento querendo arrancar-lhe a aliança, mas ela demonstrou que não havia necessidade da agressão. Deslizou o anel pelo dedo roliço. Tanta facilidade na entrega do que era necessário roubar foi visto como uma armadilha. A noite ia acabando, uma aliança reluzia no chão, até que no céu surgiram os círculos de fogo e ela começou a sentir saudade das enguias. Teria sido aí, então, que tudo teve início?

Amanhecia quando Miguel passou, descobriu aquele ramo de orquídea já murchando entre os seios de Rosa Maria e perguntou se ela era tonta mesmo ou uma cínica muito encantadora. Ela respondeu: "Uma enguia… como uma enguia". Ele riu: "Um pouco gordinha, mas sim, uma enguia. Eu sei, tá bom, uma enguia. Aliás, Rosa Maria, tu cabes muito bem dentro desta palavra: enguia. Enguia com um sexo triunfal!". Eles brincaram, ela se escondeu, ele a procurou nos cantos da rua e ela surgiu em seu cangote, descobrindo maravilhada uma pinta que ele nem sequer sabia ter. Miguel seguiu apressado e comovido com o encontro fugaz. Entrou num ônibus lotado e não a buscou nunca mais.

Rosa Maria continuou a brincar com a própria sombra na calçada, subindo riachos e se protegendo de quem a mataria. "Não olhe assim horrorizada, madame, não se assuste com isso, senhor… é Rosa Maria que brinca com sua sombra", avisava o cego esmoléu que a via passar. Margarida, a vendedora do mercado, também a vê e diz "Esta não deve ter passado a vida suportando fregueses insuportáveis, não tem obrigação de evitar que alguém sinta fome, aquela fome que faz com que um copo de água caia como um chumbo no estômago vazio". E segue andando, com suas pernas cheias de varizes.

# Jardineira e girassóis

Havia transparências no vestido molhado, já sem alguns bordados e com a barra desfeita, quando Ismael encontrou Rosa Maria. Era manhã de sábado e ele a seguiu num trajeto durante o qual as últimas pérolas falsas e botões foram rolando por ladeiras, asfalto e calçadas. E ele as perseguindo sem se dar conta do quanto havia andado e de que estava sendo acossado por uma paixão que o fez estacar em frente ao ginásio e, com seus gestos distintos e insolentes, mergulhar os braços vigorosos num bueiro, retorcendo a água repulsiva e poluída. O gesto deixou extasiadas e curiosas algumas colegiais que o chamavam, "Ismael, Ismael!", enquanto Rosa Maria, parecendo uma louca ou a mais fanática pagadora de promessas, dobrava mansamente a esquina do ginásio.

Entretanto, ele já não ouvia chamados e, com a calça branca de algodão pesada do barro, correu para lhe dizer: "Olhe, consegui encontrar oito pérolas do seu colar. Além do mais, eu sei como é o seu nome. Sei como se chama. Eu a reconheço. Reconheço seu cheiro e a corrente que prende seus sonhos". Ismael tentou, inutilmente, reconstituir a bijuteria já quase toda destroçada em volta do seu pescoço e abraçou-a como se ele fosse um esqueleto absorvendo aquela carne onde uma nova alma seria criada.

Ela afundou o nariz no seu peito peludo, passou a mão no braço colossal e bronzeado, ferindo-o sem querer ou saber com as unhas compridas. Enquanto as cortava, Ismael ia calmamente lhe repetindo ser necessário que as mantivesse curtas, muito curtas, porque unhas assim como as dela atraíam muita sujeira. Quando Rosa Maria vagamente o olhava, Ismael lagrimava e pedia para não ser olhado daquela maneira, pois era como se ela estivesse brigando com o mundo. Se assim fosse, teria que perambular sozinha e ouvir sem mais ninguém as zombarias contra ela.

— O que eles dizem, Ismael?

— Não interessa. Deixe que eu tape teus ouvidos. Assim ouves? Não? Então, está bom assim?

— Está. Assim está.

E iam. Ismael distraído, reforçando e necessitando da ilusão de protegê-la, sendo arrancado de seu vazio e causando constrangimentos quando, gritando e olhando-os fixo, inquiria acerca da lucidez justa daqueles que riam e acusavam a loucura de Rosa Maria. Qual a lucidez daqueles que ouviam tão pouco, embora falassem tanto? Era suficiente para acusá-la, se ela, além de ouvir o que falavam, ainda era capaz de compreender os rumores daquilo de que eles mesmos tinham tanto medo? Sim, ele sabia que ela ouvia muito. Mas necessitava da ilusão de protegê-la.

Quando ela vagamente o olhava, ele voltava a repetir: "Não me olhe assim. Por favor, Rosa Maria, não me olhe assim, não me provoque um vendaval!". Com a boca macia e sensual, ele fechava então os cílios de Rosa, e ela via os olhos grandes e amarelos de Ismael, como os de um camelo quase adormecendo em seu rosto de homem sorridente que surgia dos locais mais inesperados do seu corpo. Na cidade, injuriadamente diziam e lastimavam que Ismael sucumbia ao caos.

Eles passaram pela praça quando uma multidão revoltada se aglomerava numa manifestação política. Alguns, cansados do esforço de apenas gritar, tentavam perfurar os olhos do governador, lançando pedras no outdoor onde o rosto do político permanecia inatingido.

Envolvido naquele tumulto, Ismael não ouviu quando ela pediu que fossem dali porque havia algo contra ela no vozerio ao redor: "Ismael, vem, vamos embora!". Mas ele a retinha, segurava-a pela mão, apertava os dedos entrelaçados, dizendo ser necessário que ela aprendesse a vaiar como todos aqueles; além do mais, ouça, Rosa Maria, ouça como eles gritam também: "Viva as minorias, libertem os negros, protejam os miseráveis e assalariados, defendam os índios, os índios nossos irmãos!". Ouviu? Eles falam de você. Está ouvindo, Rosa Maria?

— Venha cá, olhe ali, ali, naquela direção, ali, minha querida, deixa eu te ajudar, não seja assim tão cabeça-dura. Suba nos meus ombros, vê aquele rapaz de óculos com lentes grossas? Chama-se Emanuel e tem um aspecto enfermiço. Ouça como se queixa. Ele diz que passa mais de dez horas diárias, de segunda a sábado, e às vezes até no domingo, trancado num escritório, sem tempo sequer para olhar a torre da cidade pela janela ou conversar com os amigos. Ouça, ele reclama que trabalha como um burro tentando defender teu povo. Mas, preste atenção, lamenta que não pode fazer excursão ao exterior, ganha muito mal. Está vendo, Rosa Maria? Dá pra enxergá-lo?

— Não, ainda não. Tem muita gente no meio.

— Estique o pescoço um pouco mais, ele está perto daquele rapaz que se exibe saltitando com uma muleta. O que tem a perna engessada, deve ter caído de alguma árvore. Um dia se tornará um político. Este acha que sem ele os oprimidos não sobreviverão. Ganha milhares de dólares para salvá-los. Dá pra ver?

Rosa Maria não faz o mínimo esforço para enxergar. Para quando vê a roupa escura do jovem Emanuel, semelhante à de um pastor de coração ácido e que traz escondido nos vãos da medula um frio metálico e letal. Rosa Maria sabe do que Emanuel é capaz. Ela quer livrar-se dele, quer ir embora. Pede para descer dos ombros de Ismael, insiste para que caminhem. Ismael repete que ela precisa criar forças e unir-se à multidão. "Respire fundo, minha querida, assim, solte os pulmões, experimente... ou pelo menos tente, tente. Tente, Rosa Maria!"

Só quando teve certeza de que os gritos de "madona fraudulenta" e "direitista disfarçada", entre outros insultos, eram dirigidos a ela, Ismael fica aterrorizado e pensa não ser possível que um grupo clamando contra injustiças a visse daquela forma, e fosse tão ruidosamente contra ela. Talvez em consequência da sua roupa tão bizarra, ou por aquele seu gesto, às vezes patético, de ficar sobressaltada ouvindo anjos? Ou por seu vício de entrelaçar-se nele, daquela maneira, publicamente, como se o mundo não necessitasse de paredes?

Nesse momento, Ismael entendeu tudo. Firmou carinhosamente a cabeça de Rosa Maria, cujo rosto já caía de novo para o lado, e quis ensiná-la, enérgico:

— É preciso que você aprenda a odiar essa multidão que grita contra suas próprias humilhações, mas ri desse jeito às suas costas. É preciso também ser arrogante, falar alto. É possível para você? É possível, Rosa Maria?

— Não precisa disso.

— Então pronto, o problema é seu.

Ela balançou a cabeça negativamente e eles decidiram ser um homem e uma mulher que dançavam atravessando a praça pública em harmonia, ao som de seus próprios ossos, enquanto alguns os chamavam de alienados, despolitizados, reacionários, esquerdistas idiotas, fanáticos massificados. Aos que os olhavam mais chocados, ele afirmava categórico: "Rosa Maria não é louca, ela não enlouquecerá nunca, nenhuma sociedade, nenhum partido, nenhuma ideologia, nenhuma doença, nenhuma casta arrogante, nada mais terá esse poder sobre ela".

Nesse dia, passaram pelos garotos pendurados nos galhos das castanholeiras que os chamavam e davam adeus; depois, mergulharam no chafariz onde crianças famintas batiam palmas e gritavam "Viva a noiva, viva a nossa noiva". Rosa Maria mergulhava como o boto, imitava o tambaqui, jorrava-se como enguia e eles aplaudiam, aplaudiam, como eles aplaudiam! Ela ria tanto que foi necessário Ismael ajudá-la a arrumar seu vestido, percebendo como a cada dia ficava mais desbotado e vazio. Enquanto dormiam, ela sonhava acordar para ouvir dele: "Rosa Maria, ouça... ouça seus anjos para conseguir atravessar essas multidões. Do jeito que você é, com esse rio Negro mergulhado sempre, é necessário ouvi-los. Continue, então. Deite aqui no meu ombro. Assim, assim... não se machuque". E por isso Rosa Maria também o seguia, não era necessário temê-lo pois ele não a ridicularizava por ouvir aqueles brados, embora soubesse como ele tinha medo. Mas era ele quem necessitava protegê-la. Não, não era bem assim. Muitos sabiam que não era apenas assim.

Enquanto sonhavam, Ismael desejava acordar, olhar o rosto de Rosa, caído para o lado, sentar nas praças, entrar em becos ou embarcações, e olhar pessoas. Olhar pessoas, como eles gostavam disso. Olhar pessoas, como viram um homem muito pequeno e magro sentado no banco de madeira usando colete negro e suspensório, tentando contar as penas de uma galinha. A ave debatia-se em seu colo, querendo ciscar a terra. Olharam tanto que ele perguntou com a voz rouca de homem na puberdade: "O que houve, nunca viram?". E Rosa Maria: "Já, mas olhamos novamente. Estamos só olhando de novo. Só olhando! Não pode?". Esquisitos, completamente loucos, pensou o homem, mas, acrescentou, apaixonados.

E seriam sempre assim — olhando o mundo — e apaixonados? Continuou pensando. Quando percebeu o ventre empinado da mulher, decidiu que não queria mais pensar, só passar o tempo naquela mímica absorvente de contar penas de galinhas. Porém, não resistindo, voltou a olhar o ventre empinado e... "Como sendo tão humanos, como sendo tão pequenos suportavam ser resultado de tanta coisa? Poderia ser apenas paixão, poderia ser mas não é". O homenzinho esqueceu-se da galinha e os desafiou em surdina: "Seriam realmente tão humanos assim?".

Eles seguiram caminho, apaixonados, repudiados, invejados, sempre alguém disposto a imitá-los, a temê-los, a provocá-los. Protegeram-se da chuva sob uma marquise barroca, avistaram, num início de noite, uma família passando com enormes guarda-chuvas. A criança que os viu não conseguia mais parar de olhá-los, virava o pescoço, levaram-na pelos braços. Ismael disse:

— Ela gostou de você, Rosa Maria.

— Não, foi de você, Ismael, por causa dessa história de baleia que está nascendo aí, dentro de você.

Não hesitam e a seguem. Quando entraram no salão iluminado, a criança os esperava, agitada. Utilizando infalíveis truques, foge dos pais e irmãos, salta sobre eles, quer uma baleia. Eles riem, felizes pela coincidência. Depois, no chuvisco, Rosa Maria e Ismael caminham fazendo também eles truques, brincam de ceguinho e sua guia, ele vira mandarim e ela, uma jardineira regando girassóis.

# Logo com ela

Ismael consternava a cidade, que estremecia. Ele sabia chorar, beijar, abraçar, cumprimentar, fingir no momento exato. Rosa Maria normalmente recuava, sempre intimidada, na defensiva. A cidade lastimava a tragédia daquele romântico sucumbindo à loucura de uma índia desvalida e sempre carrancuda. "Pobre Ismael, pobre Ismael, pobre Ismael."

Uma senhora com a voz rouca, ao vê-los, fez o sinal da cruz. "Mas o que acontece com esse rapaz que conheci ainda criança, filho de agrimensor, pai formado engenheiro, dono de terras, rios e seringais? O que acontece com ele, tragado completamente para a lama ao lado dessa cínica?" Os dois pareciam profanar santidades de todas as religiões como se não lhes importunassem furiosas ondas ao redor, principalmente contra ela, que de alguma maneira o conduzia. Eram tão unidos que profanavam as solidões de saudosas mocinhas que, não pouco antes, bailavam com Ismael nas tardes dançantes do principal e mais luxuoso clube da cidade. Depois entravam em seu casarão nas proximidades do Palácio Rio Negro e seguiam até seu quarto, onde Rosa Maria jamais poderia pisar.

Ali, deparavam-se com as paredes lotadas de fotos, pôsteres, cartazes de cinema que ele colecionava, imagens de seus ídolos. Começava com a imagem icônica de James Dean no filme *Juventude transviada* e prosseguiam com os rostos de Jimi Hendrix, Janis Joplin, Jim Morrison, Raul Seixas, Glauber Rocha e outros astros, poetas e músicos que ele venerava.

Sônia Braga era sua musa. Bebiam, fumavam naquele quarto, e desse universo as mocinhas voltavam encantadas, às vezes cambaleantes e entorpecidas.

Por isso, ao vê-lo ao lado de Rosa Maria, seu ex-professor de literatura do principal liceu da cidade pensou em várias explicações para que alguém se perdesse assim, alguém que amava poetas, o cinema novo e estava ali daquele jeito, fazendo com que as pessoas se benzessem ao passar perto: "É o espírito maligno espalhando as drogas desses tempos", ou, como diziam outros, "É ela a responsável por jogá-lo no esgoto, essa condenada". E "que os homens fechem os olhos diante da doçura perigosa de seu olhar", disse mais alguém, "pois o perigo de ser sugado como Ismael era possível". Rosa Maria estava presa na corrente da condenação, para que mais nada sobrasse dela. Não importava o que ela tivesse sido, fosse ou pudesse vir a ser. Que desaparecessem os restos dela. Assim ficariam lavadas as calçadas e os incômodos causados por certas memórias.

Um dia, quando ela se aproximava, ele não pode mais se enganar; como bem lhe haviam gritado nos ouvidos, lá vinha Rosa Maria, com seu ventre crescendo. Ali vinha ela com mais alguém no seu corpo que poderia também ter a coragem de ouvir anjos e, no futuro, apontar-lhe os dedos, remoendo sua covardia. Desmoronou-se nele a necessidade de Rosa Maria. Pensou, em cenas fragmentadas, como tudo acontecera?

Ele parecia arremessado para o meio de uma roda com dedos de carne, osso e sangue e ainda rostos e ecos alertando: "Salve-se!". O ventre de Rosa Maria parecia lançar gritos, como se anunciasse perdas, sempre perdas para ele: "Salve-se dela!". Ergueu-se um silêncio furioso, contorcendo seus tímpanos: "Renda-se à razão enquanto há tempo". Mergulhado nesse vórtice alucinado, chegavam mais e mais ecos: o futuro promissor, o cargo público, o respeito social, o status e a fama, seus filhos... Surpreendeu-se com o latejar daquele ventre diante de si. Assustou-se: "Logo com ela!".

# Lúcida leveza

As retinas de Rosa Maria brilham de alegria pois ela o vê e chama, como sempre, Ismael, Ismael! Ele vira as costas, ela volta a chamá-lo mas ele replica a um caminhante: "Ela é louca, louca, uma louca imunda, coitada!". Ela pensa que ele não a escuta e caminha; Rosa Maria sabe que caminha, volta a chamá-lo inúmeras vezes até sua voz diluir-se naquele tumulto, já são barulhos de galhos e folhas que se roçam com o vento. Ela sente medo, o luar recai sobre um animal que passa correndo atrás dela — ou seria alguém indo caçar? Ela grita, atrapalha o tráfego, sempre gritando Ismael, Ismael, Ismael! E pela única vez volta a sentir medo do som de uma noite caminhando na floresta. Ela anda, recusa a esmola, já não está em nenhuma vitrine com bonecas japonesas, não ouve os meninos no chafariz, desobedece aos semáforos, seus seios duros e cheios estão à mostra na blusa fina de algodão molhado. Rosa Maria escuta "Tomás, velho pajé, vou caçar enguias", e depois, "Espera, índia mijona, eu volto". E afinal, só cachoeiras tombando águas. Quando atravessa a linha imaginária do equador próxima à aldeia onde nascera, continua chamando: Ismael, Ismael, olha uma enguia!

Alguns se divertem ao vê-lo fugir da perseguição de uma enlouquecida com pés de criança assustada. Outros dizem: "Cuidado, ela pode ser violenta!". Ele continua quase correndo, dá meia-volta nas esquinas, as mulheres notam como seu corpo é belo, enfrenta o engarrafamento no trânsito, acha que ela poderá alcançá-lo mas alivia-se — estava isento de tudo: quem poderia acreditar nas palavras de uma índia enlouquecida que confundia as coisas? E, armado da lucidez e dos julgamentos cotidianos, passou a compreender a lógica que antes o revoltava. Agora sim concordava com a feminista que olhara para ela afirmando "Essa não é uma vencedora" e ele, furioso e irônico, havia retrucado: "A senhora, dona heroína, é capaz de imaginar quantas batalhas ela já ganhou?". Ismael compreende a lógica da intelectual esnobe e tão orgulhosa do seu currículo caudaloso que afirmara com a convicção que os papéis e a função do magistério lhe permitiam: "Ela não serve sequer como objeto capaz de contribuir com a academia. Seu discurso não é coerente". Sim, Ismael agora compreende e sente-se seguro na sua lucidez oficial.

A última vez que a viu, ela estava sob o benjaminzeiro em frente à igreja de São Sebastião quando minúsculas formigas agitavam-se no seu peito e na sua testa; houve um rápido estremecimento nos braços, agora alongados pela magreza, quando as mordidas atingiram a superfície de suas veias. E aquele homem, com o mesmo olhar alucinado da paixão esgotada, pensa como seria possível carregar aquela ave raquítica desmembrando-se naquela terra. Ismael tem vergonha de que o reconheçam estando ali, próximo a ela; e vê, sim, lá ia passando dona Elza, com sua voz grossa e seus tamancos barulhentos inspecionando o quarteirão. E se ela o visse e ainda o recriminasse como antes? Não haveria problema. Para isso também serviam as imagens: ele era apenas um homem que passava, e aquela maltrapilha, alguém que delirava achando que ele se dirigia a ela. Sente-se inseguro e resolve esconder-se atrás da árvore para ter certeza, através dos próprios olhos amarelos que faíscam, se Rosa Maria realmente dormia. Ele verifica que os olhos rasgados da índia estão firmemente cerrados e isso o desespera a ponto de entranhar os dedos na própria cabeça e incomodar-se sem efeito com o suor que cai da testa, para então pedir num misto de exigência: "Rosa Maria, não me olhe assim, dormindo. Com esses olhos fechados, eu sei, você me denuncia. Enerva-me apenas esse leve piscar de cílios. Como vou conseguir achar você agora, assim, desse jeito?". Ele grita, autoritário: "Vamos, rasgue essa boca, solte esse corpo, é assim que eu gosto. É assim que eu, Ismael, gosto e quero. Entendeu? O resto pouco me interessa".

Ela continuou como estava, e apenas quando uma formiga procurou o que engolir em volta de sua boca a índia fez um leve e incompleto movimento, lembrando um riso inviolável. Ele tapou o nariz para suportar seu cheiro, mais próximo da miséria do que da loucura. A coragem de se aproximar extinguiu-se, pois Rosa Maria, ele via, não tem apenas formigas, mas também piolhos e pulgas pelo corpo.

— É impossível para mim que sou apenas Ismael amá-la dessa forma, Rosa Maria. É impossível. Agora é impossível. Antes não, antes eu te amei como pude, até mais do que o necessário. Com todos os riscos. Agora não, eu sou apenas Ismael. Amei quando estavas acordada, quando me ajudavas a viver, a ser corajoso, a gozar. Rosa Maria, tu me transformavas num perdulário chorando de amor, rastejando tua razão e tua carne. Cadê tua carne? Que força tinham teus delírios e tua carne, Rosa Maria. O que acontece? E o absurdo é que agora, dormindo, ou louca (enlouqueceste de verdade?), esse nada que vem de ti ainda me preenche. É terrível. Fala, Rosa Maria, chega de fingimento. Queres inventar o quê? Uma linguagem privada? Fala a verdade, sem falsidade: com quem conversas? Quem te ouve? Eu sou Ismael. Ismael, Rosa Maria. Eu, novamente perto de ti. Não disse que ia ser sempre assim?

Ismael fica de cócoras: "Não é possível que esta sejas tu, não é possível". Percorre o corpo dela com o olhar, procurando o que ainda seria possível saquear. Nem mais uma faísca para ser apagada, nem mais um dente que se possa extrair. Mesmo envergonhado, ainda procura seu sexo. Emaranha-se então num ódio diluído porque já não há mais nada que ele não tenha sugado nela. O ódio aumenta.

— Por que permitiste que eu fizesse isso? Não era pra ter sido assim. Não se faz isso com uma paixão que existiu sobre a seda, sobre a madeira úmida, nas correntes, nas calçadas públicas e ásperas onde o amor foi necessário. E agora? E agora, hein? A culpa foi tua. Tua, Rosa Maria, tua, entendeu?

Ismael percebe que já não há mais nada que ele necessite naquilo que via. Ela já não é alguém que serve para arrancá-lo das sarjetas como ele nunca confessaria a ninguém, pois era humilhante admitir que a miséria de Rosa Maria havia sido capaz de erguê-lo. Miséria poderosa que o fez surgir como o lúcido, o grande, o companheiro, o bom, o generoso, o racional Ismael.

— E agora, Rosa Maria? E agora, pra mim, que te amei com meus anseios mais ridículos… e agora? E agora pra mim que te amei com minha ternura, angústias, meu afeto, minhas visões fantasmagóricas e meu medo da bomba nuclear? E agora? E agora que já não te amo como antes, com aquele desejo inexplicável, quando te envolvia na minha esperança? Sim, te amei com minha esperança, com a força da minha esperança. Que homem mais esperançoso do que eu? Que fazer agora, logo eu que te ensinei a esperar, a esperar, a esperar principalmente por mim? Agora basta, vou embora porque amor já não é pra quem necessita, mas pra quem consegue. Deixa eu te olhar pela última vez. Não, não, eu não quero. Chega, Rosa Maria. Agora chega.

Foi necessário que contorcesse os próprios braços e, quase arrancando o rosto do corpo, voltasse a examiná-la mais vezes, o que intensificou o suor de suas costas e da sua testa.

— Ah, então é só isso que tens pra me oferecer? Apenas essa tua detestável, abominável e inconsequente solidão? Inútil solidão, Rosa Maria, meu amor… Tu lembras…? Lembras…? Ah, tu não lembrarás nunca… Nunca mais… Só eu lembrarei, sozinho. E minha lembrança será mais um poder sobre ti, que já não presta nem pra recordar. Não, Rosa Maria, o poder é teu, o poder do esquecimento. Pra que permanecer com tudo isso sozinho? Como suportar? Tudo consequência dessa tua egoísta solidão. Não, egoísta não eras, pelo contrário, eu sim. Egoísta não, este sim, agora descobri, foi o teu mal, teu grande mal, Rosa Maria!

Ismael volta a esconder-se, pois o homem pequeno e magro de colete negro e suspensório passa ao lado dela, com a galinha debaixo do braço esquerdo. Ele se perfila, mas não fica surpreso. Apenas a olha, apertando a axila para que a ave não fuja. Espera por alguns segundos um caminhante. Como ninguém passa, ele suspende a ave pelas asas e conta-lhe, com sua voz que se tornava cada vez mais desagradável, como estava certo no dia em que havia desafiado se era realmente humana aquela mulher. E onde estaria aquele homem que se agarrava a ela e parecia ser um cigano marroquino? A ave cacareja, dá impulsos para o alto, passa um ancião gordo e despreocupado, ele lhe diz que não é necessário parar e olhar Rosa Maria e nem ter condescendência porque ele a conhecera muito bem. Era uma mulher que nos seus dias de fome só conseguia engolir a si mesma, por isso acordava cada vez mais faminta, até ficar daquele jeito, debilitada para sempre.

Ele segue seu caminho, deixando algumas penugens ao redor do ancião.

Margarida também passa mas não reconhece Rosa Maria e, assim, nunca saberá que essa é a segunda vez que a vê em sua vida. Não lembra quando viu Rosa Maria sentindo saudades de enguias. Margarida diz ao próximo que passa:

— Nunca vi ninguém assim nesta cidade, deve ter fugido de algum lugar. Mas não tenha pena, ela mesma quis ficar assim. É puro castigo, coitada. É uma índia com a alma oca. Deus é sempre justo!

E passam pessoas, passam. Umas a insultam, ridicularizam; outras olham penalizadas ou seguem indiferentes. Ismael controla-se para não agredir ninguém. E continua em seu monólogo. Suava. Lembrava um exilado que volta à pátria sem saber que ela havia sido destruída.

— Mas será disso mesmo que se trata? Será isso… esse teu hálito de solidão que sempre me contagiava? Ah, Rosa Maria… nunca mais! Nunca mais eu te amando com a perplexidade dos nossos dias, com a minha potência de homem atordoado e medroso. Como foi possível suportares? Eu sei, eu bem sei por quê… Éramos só nós dois no mundo, catando alguém pra sentar à nossa mesa e esperar conosco a mesma lua. E tu sabias, Rosa Maria, tu sabias que não se tratava apenas da lua do apaixonado, aquela que fazia nossa amiga Damiana ficar tão piegas. Também não era apenas a lua científica nem a magnética, e muito menos a lua do último eclipse deste século. Esperávamos também a lua primeva, aquela que deu início à noite futurista e se dispôs a habitar o céu desses transloucados que a culpam de desequilibrar os homens e as parturientes. Esperávamos novamente por ela e não apenas por esta, descoberta pelos americanos, ou pelas que ficam salientes diante das esmeradas lunetas. Esperávamos a lua que deu início a essa saudade. Aquela que se colava ao teu umbigo quando tu e eu éramos objeto homem e objeto mulher, entranhados e revigorados, destruindo éticas estúpidas e desejando novos saberes onde tu, Rosa Maria, não corresses o risco de terminar justamente aí onde estás. Aí, para onde todos te olham de cima, até os mais medíocres e imbecis. Aí, neste lugar de onde nem eu consegui te ensinar como se escapa. Lembras que temíamos o momento em que a lua primeva pudesse ver a última mulher e o último homem com saudade do tempo em que ainda sabiam construir generosas utopias? Sim, Rosa Maria, sentíamos esse medo com o líquido quente escorrendo sobre nós e, assim mesmo, saíamos pelas ruas procurando nossa lua primeva, a que veria tudo começar de novo. Mas agora, agora basta, está tarde. O tempo corre e tu continuarás sozinha, eu me despeço aqui. E se cada um tem uma fórmula correta de amor, afirmo que te amei da maneira mais perfeita, te amei completamente. E tu? Com aquela vozinha antipática, aquele pescoço irritante caído pro lado, me amava escolhendo-se, cuidadosa, parecia mais um amor emprestado. Eu não. Eu é que estou certo, minha consciência é clara… é arrumada. Mais do que isso eu não posso, só lhe conheço tocando. E agora eu não consigo mais… eu não consigo. Quer que eu chame uma ambulância? Não, isso não, não é disso que Rosa Maria precisa… Já não precisa de nada mais, eu sei. Sei de ti, Rosa Maria. Eu sei. Mais do que eu, ninguém.

Ismael afasta-se um pouco, rodeia o monumento no centro da praça onde Rosa gostava de olhar as barcas esculpidas em mármore simbolizando a abertura dos portos amazonenses às nações amigas — "América, Eurásia, Oceania, África! Rosa Maria, e eu?". Observa a mulher de bronze lá no alto do monumento, com o braço direito levantado: "Você fala muito, baixe o tom da voz, não grite tanto, por favor".

Os garotos no chafariz gargalham do que veem, perguntam se ele procura Rosa Maria e apontam para o benjamin-zeiro, mas Ismael responde enfurecido que não pediu informações a moleques vagabundos. Atravessa a praça, seu corpo é firme, aproxima-se dela novamente.

— Ainda dormindo? — Assusta-se e depois se distrai com o colegial que passa assoviando o hino nacional, recomeça: "Você conseguiu amar uma pátria? Parece que não! Odiou a multidão que a humilhava? Também não. Mas eu bem que avisei. Eu bem lhe dizia, Rosa Maria, sua tonta, que era necessário tanta coisa, tanta coisa... Acreditou em Deus, pecou, rezou? Conseguiu morrer afogada no rio Negro? Sabe--se lá. Pariu? Sim, lógico, pariu. Pariu mas não foi mãe. Ah, Rosa Maria... Amou-me demais. Mas indevidamente. Quem mandou? Agora, dane-se, dane-se. Você silenciou demais, falou demais para uma vida tão banal a ponto de se morrer assim como você. Diga-me, desses que passam quem é capaz de silenciar para te olhar? Rosa Maria. Você morreu? Sei lá... Sabe-se lá de você... Eu soube até aquele dia, quando o amor para você era tão simples, era só uma brincadeira de enguia. Agora, que é isso? E nossa enguia, onde está, ela vive? É possível sobreviver algo que brota de você?".

Ismael forte, carinhoso e inteligente, aquele que chegou a ser o único a acreditar nela, vira-se e anda rapidamente com os sensuais movimentos de suas pernas, até se transformar em mais um caminhante na neblina.

E quando os primeiros escarros começam a ser ouvidos nas calçadas, como se homens e mulheres quisessem vomitar a noite, ele ainda sentia as unhas de uma ave raquítica nos ombros e balbuciava "Eu sou apenas Ismael e não posso amá-la desse jeito. Você, Rosa Maria, me apavora. Você foi tudo o que foi antes de mim e o que chegou a ser agora. Eu sou apenas Ismael, com meu sobrenome famoso, meus talentos, meus amigos e reverências, minha oratória que tanto me envaidece, meu pênis que eu posso deixar ereto diante de você, só pra humilhar, humilhar. E daí? A mim tudo é permitido. É também meu poder sobre você, Rosa Maria. Duvida? Vai me acusar? Quem irá acreditar em você, quem? Nem eu, nem eu acreditaria em mim se fizesse isso. Mas eu faço. E sei inventar desculpas, pra que estudei? Não duvide, não duvide que te humilho até dormindo. É, Rosa Maria, o problema é esse, agora acertei, você fracassou, essa é a verdade. Você sente isso? Sente que fracassou? Responda, você fracassou sim, essa é a verdade. Aliás, eu nem preciso da verdade para viver. Eu preciso é de imagens, imagens, imagens. É disso o que eu preciso, entende? A verdade está aí estourando de sobra na nossa frente, plausível que nem você, fingindo-se de ave sedentária. Não preciso de mais verdades. Chega".

Ismael esquece que já não está diante dela, que não voltará a vê-la nunca mais. "Imagens, imagens! Imagem é concretude, sua índia boba. Meu amor, olhe eu aqui, cheiroso, bonitão, bem-arrumado, limpo, posso fazer qualquer uma das suas amigas, aquelas empregadinhas com quem você andava... Posso fazer qualquer uma se apaixonar por mim. Posso fazer até o que ninguém acredita que sou capaz de fazer, e daí? Em confronto, qual a imagem mais forte e aceitável? Qual o comportamento aplaudido e que convence? Pra mim é fácil conseguir cumplicidade. E você? Resta-lhe o tronco desta árvore. Ah! Perdão, Rosa Maria, fiquei nervoso. Durma, minha querida, durma, durma... você precisa, eu sei, assim como antes, encoste no meu ombro... assim..."

Agora, já não é mais o "pobre Ismael", mas o apaixonante e vigoroso homem investido da lucidez que o libertou daquele corpo onde o ápice da miséria e do inesgotável se instalara. Ismael é um homem cortês que recebe os elogios de tantos que haviam rezado para que a "lucidez voltasse à sua mente e ao seu coração".

Suas pernas rígidas, livres das dela, estão sobre uma pedra do cais de onde ele vê as embarcações que se movimentam nas ondas daquele rio no qual por tanto tempo havia estado com Rosa Maria, quando seu cheiro inconfundível o atraía e eles se deparavam em todas as esquinas, mesmo quando não esperavam se encontrar. O vento bate em seu rosto. Seu olhar brilhante e amarelado sentirá necessidade de alguém para amar com a força com que amou aquela mulher. Uma embarcação imensa e veloz dirige-se ao cais, seus lábios vermelhos e carnudos soltam um suspiro, ele ouve alguém informando que uma multidão logo desembarcará. Ismael não espera, sente uma lúcida leveza nas mãos, como o incômodo que alguém pode sentir ao rápida e envergonhadamente jogar uma ave machucada mas ainda palpitante pela janela. Essa latente sensação é esmagada quando, elegante e cerimonioso, responde aos cumprimentos diários, livre da sombra enlouquecida. Livre de Rosa Maria, sucumbida à sua lucidez de homem refinado e sem condição sequer para lembrar-se dele, desprezá-lo e esquecê-lo.

# As barcas de mármore

Diante do cego que tocava flauta, Maria Assunção percebeu quanto havia sido longo o tempo para ceder àquele eco que não deixou de perambular dentro dela, ora mais intenso, ora mais sereno: "Assunção, Assunção... vem?". Ela já tinha percorrido a cidade atrás de uma noiva andrajosa que não existia mais, havia se embaraçado com as bocas, com os olhares de bonecas japonesas, com a face amarelecida, a face sempre caída para um lado. E é possível, como pensaria mais tarde, que Rosa Maria tenha se aproximado e ela apressadamente a tenha dispensado, tomando-a por mais uma pedinte inconveniente. O cego que tocava flauta ainda lembrava o dia em que uma noiva roliça apareceu na praça imitando enguias e como, no decorrer dos anos, seus pés haviam ressecado porque ela os fincava sobre os paralelepípedos de granito na quentura do meio-dia, quando cantava uma litania numa língua desconhecida para ele.

O esmoleiro aconselhou que Maria Assunção a procurasse nas alamedas de algum jardim, nas cercanias do teatro Amazonas, em algum coreto de praça ou na igreja de São Sebastião, quando vazia dos seus lúcidos fiéis. Os lúcidos fiéis sempre a retiravam de lá. Maria Assunção viu-se diante de uma mulher vestida com um saco escuro e o pescoço enrijecido para o alto, tentando que a fumaça de um resto de cigarro alcançasse a imagem do rosto de alguns santos. Seus pés encardidos sobre o mármore branco e gelado fizeram Maria

Assunção acreditar que tudo era um engodo de cego, porque aquela criatura com uma corda amarrada na cintura, mergulhada naquele dourado do altar e na lembrança de um vestido lilás, não poderia ser aquela da qual havia guardado o eco por tantos anos. Mas assim era.

— Então eu desfiz minhas tranças, como sempre faria para ela. Subi até o parapeito vazio destinado ao coral da igreja, preparei-me para a surpresa. Gritei, "Rosa Maria, Rosa Maria, cheguei…". No início ela parecia não ouvir e continuei, "Cadê seu riso de boneca japonesa? Cadê, Rosa Maria?". A igreja parecia encher-se com meu eco, as paredes ajudavam, até que ela voltou a cabeça para os lados, olhou na direção onde eu estava, lá no alto. Insisti, "Por favor, Rosa Maria", e recebi aquele risco antigo que ultrapassou seu rosto. "E então, lembra, índia mijona? Nós entramos na embarcação, juntas como agora. Chegamos aqui nesta cidade, olhe, encontramos a vaca holandesa com os chifres floridos…"


Maria Assunção deu as costas, desceu as escadas da igreja, livrando-se rápida dos esmoleiros — tentava não engolir os olhares peregrinos que consumiam suas noites —, alcançou a praça com seus vendedores de garapas e copos d'água, olhou as bandeirolas, os palhaços, as crianças com suas pipocas. E o relógio ali no alto, imenso e incontestável. O sino ali, crucial, inflexível: seis horas. Tempo: pingo, gota, chuvisco, chuva, tempestade: tempo. E o momento entranhou em Maria Assunção o cheiro animal dos seus momentos de amor e choro intenso e, enquanto ela o exalava, pensou no equívoco de haver procurado alguém no rastro único de um rosto caído para o lado como se o tempo o houvesse perpetuado daquela forma.

Quando, no entanto, nele, no tempo impiedosamente acelerado, haviam talhado aquela mulher incapaz de reconhecer a resposta ao seu próprio eco caso tivesse realmente ouvido "Rosa Maria, eu cedi. Eu vim, estou aqui". Mas essa frase Maria Assunção não conseguiu pronunciar porque, ao ver Rosa Maria daquele jeito, suas faces ficaram gélidas como se houvessem levado algo, sim, como se houvessem levado sua boca.

E, ainda dessa maneira, olhou a cúpula do teatro tremulando, pois tudo oscilava naquele instante, inclusive a capacidade que possuía de engrandecer a todos, de enobrecer tudo o que via, de exaltar as frases encontradas nos postes, nos muros, as frases jogadas ao léu e que incidiam sobre ela. Duvidou que fosse válido utilizá-las para construir suas histórias. Empobrecera? Talvez.

Oscilavam os postes, as árvores, os prédios, as sarjetas, as pontes. Oscilavam mergulhados em suas lágrimas os homens, as mulheres e o tempo, impiedosamente lento. Enobrecer esgotava sua retina, foi necessário cerrar firmemente os olhos e esquecer a insuportável tristeza de exigir a si própria que, a partir de então, deveria ser assim ou, do contrário, não seria justo seu olhar sobre Rosa Maria. O cheiro animal continuou exalando dela, até o repentino apaziguamento que recendia de sua própria grandeza — a grandeza capaz de descansar os olhos de Maria Assunção e de fazê-la carregar aquele sorriso que não havia mais se repetido desde quando? Um século? Um minuto? Quinhentos anos? E pensou, quem mais a seu redor poderia ser capaz de transmitir-lhe um sentimento assim? Quem mais ao seu redor? Também circundou o monumento da praça, observou o homem de bronze que olhava a estátua da mulher ao seu lado. Tocou as barcas de mármore, sentiu a consistência fria — América, África, Oceania, Eurásia: "Onde estou?".

Agora, com os olhos diante dos quais nada mais oscilava, ela deveria voltar e contar a dom Matias os episódios ocorridos com Rosa Maria. Não para que ele acreditasse ou gostasse, mas porque assim as coisas haviam acontecido.

Mas para que contar — a ele?

Além do mais, acontecia aquilo: golpes de lembranças estraçalhavam sua garganta. Mesmo assim, voltou e viu através da cela um rio Negro completamente desconhecido para ela.

# Sair de mim a tempo de ainda me ver morrendo

Eu, a narradora que anoto tudo, eu que para narrar cotidianas histórias me deparei com homens em suas circunstâncias mais insólitas, trágicas e líricas, me surpreendo como os rápidos instantes em que vi Maria Assunção se transformaram em saliências inesquecíveis em meus apontamentos. Seu rosto não tinha nada de excepcional exceto as narinas dilatadas e o ar estonteado que deveria ter sido sua expressão de anos atrás, quando, trazida pelas freiras, havia chegado com as três índias a Manaus. Lembrava uma alma eriçada diante da visão de mais uma morte, parecendo ouvir os chamados dilacerados de dona Laura Dimas e sem poder ir ao seu encontro, deixando-a sozinha naquele esforço insano de sepultar máculas. Deixá-la, ela, Maria Assunção, que tanto a tinha chamado para ajudá-la a examinar os sinais diários que surgiam, cresciam, eram arrancados ou se exauriam em seu corpo inteiro. E agora que estava assim, esticada e límpida diante de mim, como ouvir Laura Dimas desamparada e sem poder ir ao seu encontro? "Desça... desça... desça desse barranco, desça, Laura Dimas, e olhe com seus olhos visionários onde acabam essas correntezas..."

Não pude mais ouvir Maria Assunção, que desejava absurdamente narrar uma história em que Rosa Maria, Maria Índia e Maria Rita pudessem respirar um pouco mais. Uma história que pudesse ser como milhares de andorinhas suavizando aqueles rostos infantis seduzidos pela vida. Deixo com quem quiser esses personagens que ela me ofereceu. Que cada um escolha e prossiga com aquele que melhor lhe convier, e, se for o caso, faça com ele seu fim de história — este sim, o mais verossímil. Eu, a narradora que anoto tudo, tenho que ir; entro no mundo onde a contemporaneidade exige mais pressa e já me atrasei demais. Entro no mundo apressado onde desapercebida e continuamente se cospe no vestido lilás de Rosa Maria.

Entro no mundo onde vou, sistematicamente, encarar outros Catarinos. Estes, disfarçados, aplaudidos, impunes e que jamais varrerão o chão de uma cela ou cuidarão do frio dolorido de seus mortos. A mim já não importa o que poderão fazer com esta história, tanto faz que façam com ela o que os meus, liderados por Lauriano Navarro, bravamente fizeram naquela noite, quando transformaram em labaredas os livros dos missionários. Pouco importa, para isso também servem as histórias, atear fogueiras.

Aliás, esses detalhes de Maria Assunção e de Rosa Maria já serviram para ajudar a passar o tempo de alguns que, entre rodadas de cerveja, no calor consistente da Amazônia, se divertiram folclorizando o que as duas viveram. Esta historieta já serviu para aumentar o currículo de uma juíza, adicionar um número a mais na lista de suas prisões. E tudo acontecia enquanto as duas literalmente agonizavam.

Eu, a narradora, tenho que ir. Lauriano Navarro continua madrugando com uma cadela ao lado, Antônio Sávio continua a dirigir o velho caminhão verde utilizado na Segunda Guerra Mundial, e os indígenas, inclusive seus netos e de Mariana Aparecida, gostam de passear na carroceria agora um tanto destroçada — um veículo tão cheio de histórias quanto aquele rio, perto de onde ele trafega. Antônio Sávio toda semana leva dom Matias para verificar a construção de novas igrejas, agora sem irmã Isabel entre eles. Também devo ir, agora, já não posso perder, lá vem vindo a próxima embarcação. Preciso da velocidade primitiva capaz de sair de mim a tempo de ainda me ver morrendo.

Tudo como um rápido, suspenso e inesgotável suspiro. Como o de Laura Dimas, que ainda continua lá...

*À memória da índia Maria Rita, que catava embalagens vazias*
*A meus pais, Renato e Claudionora Pereira*

# Apresentação à edição original (1998)

Esta é uma história que, em gestos mil vezes repetidos, descreve múltiplas formas do gradual esvaziamento daquilo que pertence a um ser. A narrativa de Verenilde Pereira fala de gente que começa por perder o nome e a quem tudo acaba por ser roubado: costumes, relações, memórias, valores, identidade, espaço, tempo e, por fim, a razão. Gente a quem só o esquecimento oferece proteção. E a história do fim de um mundo ao qual falta sentido, ou apenas oportunidade para relatar o nascimento de outro.

A narradora, com seu olhar-câmera, fixa em palavras a sucessão dos grandes planos em que as personagens e os fatos contracenam. A consumada bidimensionalidade de sua escrita torna tudo tão imediato e casual que é necessária a incontida erupção da memória para que a história ganhe algum sentido. Prenhe de perguntas sem vislumbres de respostas, atrasada nos estilhaços de uma irremediável perda, a narrativa nos leva tão longe e tão fundo que nem dá margens à esperança. Termina como a projeção de um filme que a arcaica máquina partiu, deixando um último fotograma imóvel que se fragmenta ao calor das lâmpadas, sumindo no branco sujo da tela.

*Um rio sem fim* é uma espiral de absurdos, em que, se algo surpreende, é a absoluta ausência de surpresa. Os rituais são ainda os mesmos: a exportação da miséria, a dominação internalizada em culpa, a banalização do desespero. Crime travestido em suicídio!? Ou talvez a confusão de um prolongado equívoco, do sentido que tanto tarda em se fazer. Um único fio confere unidade à sucessão de cacos espalhados pela escrita. Indiferente aos desvarios das gentes, o rio Negro prossegue sua lenta e inexorável marcha rumo à foz que nunca lhe poderá caber. É na alternância de seus ciclos que a grande morte se volve em outro lado da vida. É nele que a renovação se gera da dissolução de todas as formas. Só ele consegue lavar tanto pranto já enxuto.

Haverá nesta narrativa algum sentido? E por que terá de haver? A unidade de tudo é construída por cada um. Mas até a ela é consentido renunciar. Quando o esquecimento apagou toda a referência, resta ainda e sempre a invencível torrente do rio Negro ou de *Um rio sem fim*.

José Gabriel Trindade[*]

---

[*] Filósofo, professor da Universidade de Lisboa.

## Posfácio
# Um rio insurgente

Corria o penúltimo fim de semana de maio de 2022 quando a *Folha de S.Paulo* publicou meu primeiro artigo sobre *Um rio sem fim*. O texto foi uma reação imediata ao romance que eu acabara de descobrir por puro acaso e imensa sorte. Desde então, muitas vezes voltei às suas páginas, sem nunca deixar de me impressionar com a sofisticação de sua narrativa, a força de sua temática, a delicadeza de sua poesia e a profundidade de seus mistérios. Em literatura, não há meio-termo: ou é interrogação do saber ou não é nada. No caso de Verenilde Pereira, é tudo. Era chocante — e entristecedor — constatar que, por mais de duas décadas, nem uma única notícia sobre sua existência havia sido publicada em toda a imprensa brasileira.

Ilustrado com um lindo retrato em que Verenilde aparece entre frases que se projetam sobre seu rosto, no artigo na *Folha*, começo dizendo que "No conjunto de prédios baixos e de cores terrosas na ponta de uma das asas do Plano Piloto de Brasília, os vizinhos que veem passar a simpática senhora negra nem desconfiam ser ela autora de um dos melhores e mais impressionantes livros escritos no Brasil no último quarto de século". *Um rio sem fim* estava prestes a completar 25 anos, mas não apenas a vizinhança, como também as editoras e, consequentemente, os leitores, nunca haviam ouvido falar dessa escritora afro-indígena e de seu poderoso romance lançado com dinheiro do próprio bolso em setembro de 1998.

A repercussão do texto foi grande e imediata. Três preocupações, porém, ainda me assombravam. Primeiro, que o destaque dado à origem afro-indígena da autora acabasse por nublar toda a qualidade literária intrínseca à obra. Segundo, a insuficiência do adjetivo "impressionante", que nem de longe fazia jus à potência do romance. Por fim, que o livro, à época esgotado em sebos e livrarias, se transformasse em uma espécie de fantasma — muito comentado, porém nunca visto.

Me vejo agora definitivamente livre dessa última aflição: a literatura de Verenilde Pereira enfim chega aos quatro cantos do país. Com os ombros já (um pouco) mais leves, aproveito então para me redimir, apontando por que este é um romance (afro-indígena, mas não apenas) muito mais que impressionante.

Em uma de nossas primeiras conversas, no início de 2022, Verenilde me disse: "A literatura, para mim, de início, não tem obrigação de nada. Nem de mudar o mundo, nem denunciar, nem nada. Mas é um jeito de contar com tanta força que acaba fazendo tudo isso e muito mais". Concordo totalmente. A literatura não tem papel determinado — ela pode ser ou servir para muitas coisas, mas não é e não serve a priori para coisa alguma. Talvez por isso, as mais radicais e interessantes experiências artísticas nascidas dessa indeterminação são aquelas que se apresentam como "problema". Ou seja, são fontes desestabilizadoras de certezas previamente estabelecidas.

Escrito originalmente como dissertação de mestrado na Faculdade de Comunicação da Universidade de Brasília na primeira metade dos anos 1990 — algo nada trivial, nem à época nem hoje —, *Um rio sem fim* chegou ao mundo já empurrando o discurso acadêmico contra as cordas. Ecoando a voz de Alexis, de Marguerite Yourcenar, a então jovem pesquisadora se via diante da pergunta: como o discurso científico poderia explicar uma vida se não é capaz nem ao menos de explicar um fato, já que o designa de maneira sempre igual, embora não existam dois fatos idênticos em vidas diferentes e, talvez, nem sequer em uma mesma vida?

Para avançar sobre a questão, pôs em marcha uma escrita que se desdobra em várias direções ao mesmo tempo que traga para seu centro desestabilizador tudo o que gira em torno de seu interesse. Observado com atenção, é possível notar o refinado movimento que sua prosa descreve: da margem das margens ela se levanta para, do alto, enxergar, esmiuçar e contrapor nossas engrenagens. Para isso, não retrocedeu diante de um verdadeiro impasse no qual, ainda hoje, muitos escritores se veem enredados.

No começo da década de 1990, Verenilde circulava pelas ruas do centro de Manaus tendo em mente sua pesquisa de mestrado. A princípio, pensava estudar as diferentes imagens dos Waimiri-Atroari produzidas pela "imprensa hegemônica" a partir dos anos 1960, quando grandes projetos econômicos passaram a se instalar na região, afetando o modo de vida dos indígenas que viviam entre o norte do Amazonas e o sul de Roraima, na margem esquerda do Baixo Rio Negro. Ela acreditava ser possível captar não apenas parte do imaginário contemporâneo com relação ao grupo, mas também o impacto daquelas imagens na compreensão que os próprios indígenas tinham sobre si mesmos.

Sob o calor da capital amazonense, revisitava na memória cenas de quando, ali mesmo, vinte anos antes, conviveu com uma criança indígena que recolhia papéis de bala e caixas de fósforo vazias pelo chão das ruas da cidade. Foi então que, diante da casa onde a jovem vivera, agora transformada em agência de turismo, ouviu de um funcionário a frase que, em expressão tipicamente amazonense, daria novos rumos a seu trabalho. Era "uma coisa muito 'lesa' ficar pensando em quem se escafedeu. Passado é passado, morreu, morreu", disse o acidental interlocutor. Daquele momento em diante, Verenilde se dedicaria a "pensar como foi ser uma criança indígena que colecionava embalagens vazias, se suicidou por volta dos dezessete anos e surge numa lembrança isolada, nessa rua onde ninguém parece saber que isso ocorreu um dia".

Alguns anos antes, trabalhando como jornalista na imprensa amazonense, buscando jogar luz sobre a multifacetada e invisibilizada realidade dos indígenas expulsos da floresta e marginalizados nas cidades, Verenilde já levara ao limite a linguagem jornalística em reportagens como "Dessas calçadas, com seus fantasmas destribalizados", publicada pelo manauara *Jornal do Comércio* em abril de 1985. Avançava sobre as fronteiras do gênero por ter percebido que, não importava se discurso jornalístico ou científico, nenhum dos dois era capaz de (ao menos) tocar as bordas do inefável da realidade dos indivíduos que foram relegados à margem da margem. Começava já ali a transmutar sua dissertação de mestrado em romance. Lançava mão de sua capacidade de manusear as palavras para, assim, corrigir a distância entre a sutileza da vida e a aspereza da ciência, fazendo girar os saberes sem fixá-los ou fetichizá-los. Sabia que a literatura é ainda o que temos de melhor para essa empreitada; que a poesia é a mais insubmissa das linguagens.

*Um rio sem fim* surgia para, entre outras coisas, mostrar que os prognósticos sobre a morte do romance eram (e continuam sendo) não apenas exagerados, mas também equivocados. E isso não significa que as ideias que previram seu fim não tinham nenhum fundamento. Já no início dos anos 1960, Theodor Adorno dizia que a noção de se sentar e ler um bom livro tinha se transformado em prática arcaica e que a culpa por isso não poderia ser atribuída tão somente aos leitores, mas sim à matéria comunicada e sua forma. Nas décadas seguintes ficou ainda mais patente que o romance já não tinha a centralidade que um dia teve. No novo milênio, a onipresença da internet nos mergulhou em um mundo saturado de narrativas, que nos chegam de forma acelerada o tempo todo e de todos os lugares. Em um cenário como esse, que espaço sobra para a literatura e, mais especificamente, para a forma de tempo estendido típica do romance? Hoje, mais do que nunca, ele se vê diante da necessidade de provar que ainda pode ser relevante e provocar interesse.

*Um rio sem fim*: eis uma boa imagem e metáfora para o destino do gênero. De fato, com sua inteligência arguta, sensibilidade profunda e poética poderosa, Verenilde abria ali novas perspectivas, relevantes o suficiente para resistir à passagem do tempo e provocar nosso interesse hoje, quase um quarto de século depois de sua publicação original.

A despeito do que o termo parece indicar, eurocentrismo não é uma perspectiva que se refere a uma maneira de pensar exclusiva dos europeus, mas algo que molda a todos nós, que fomos educados sob a hegemonia do poder colonial. E foi justamente aqui, nas Américas, que os conquistadores estabeleceram o que seria uma suposta distinção na estrutura biológica dos seres humanos. Como mostrou o sociólogo Aníbal Quijano, a ideia de raça não tem história conhecida antes da América. As relações sociais fundadas nessa concepção produziram entre nós identidades sociais historicamente novas: indígenas, negros e mestiços. Ao mesmo tempo, termos como espanhol e português, e mais tarde europeu, que até então indicavam apenas procedência geográfica, adquiriram uma conotação racial, o branco.

Uma vez que as relações sociais que ganhavam nova configuração eram relações de dominação, tais identidades foram associadas a hierarquias, lugares e papéis sociais correspondentes ao padrão de dominação que vinha sendo imposto. Raça e identidade racial foram estabelecidas como os instrumentos de classificação social básica da população. Nas palavras do antropólogo Michel-Rolph Trouillot: "Os nativos da África e das Américas estavam no mais baixo nível dessa nomenclatura". A mobilização dessa gramática de poder assentada na classificação étnico-racial da população se mantém como pedra angular desse sistema de poder que — seguindo a terminologia de Quijano — podemos chamar de "colonialidade".

*Um rio sem fim* é poderosa resistência a essa colonialidade que existe em nós. Mais do que isso: Verenilde Pereira está entre as precursoras dessa nova abordagem, mas só agora começa a receber o devido reconhecimento, já merecidamente atribuído, no passado, a autores como Paulo Lins e Ferréz, por exemplo.

Um sinal do alcance dessa nova produção foi um artigo do *New York Times*, de fevereiro de 2022, cuja manchete anunciava: "Autores negros chacoalham a cena literária do Brasil". Contando as histórias de Geovani Martins, Djamila Ribeiro, Pieta Poeta e Itamar Vieira Junior, a reportagem mostra como jovens escritores negros brasileiros estão — mesmo que de maneira ainda incipiente — conseguindo publicar seus livros, alguns com significativo sucesso comercial. A essa turma devemos também acrescentar nomes como Jeferson Tenório, Eliana Alves Cruz, José Falero e Jarid Arraes, entre outros.

A reportagem do jornal norte-americano nos dá um bom ensejo para refletirmos sobre essa nova e promissora paisagem literária brasileira. Para além de suas qualidades intrínsecas, o trabalho de todos esses escritores se mostra fundamental a partir de um fato incontestável: só será possível sonhar com a possibilidade de a literatura recuperar (mesmo que em parte) o interesse que teve no passado se conseguirmos extirpar do campo literário as raízes da desigualdade que no Brasil estão cravadas profundamente em nosso solo de exclusões. Só a partir dessa transformação poderão surgir novas vozes e, com elas, novas realidades e, sobretudo, novas formas de narrar. Dito de maneira direta: se a literatura se tornou por vezes tediosa e sem grande relevância, isso se deve, em parte, ao fato de nosso campo literário ser território ocupado quase majoritariamente por homens brancos, de alta classe econômica, contando histórias ambientadas nas zonas urbanas e mais ricas do Brasil. Claro que não apenas as maiorias minorizadas são capazes de produzir bons livros, assim como nem todo romance urbano é insosso. Em literatura, como sabemos, vale mais o "como" se conta que "o que" se conta. Mas é como diz Ailton Krenak: "Adiar o fim do mundo é exatamente sempre poder contar 'mais' uma história", não a mesma história, sempre e sempre.

Acesa há mais de um século pela maranhense Maria Firmina dos Reis, a chama que hoje carregam Verenilde Pereira e esses novos nomes da literatura brasileira por vezes esteve bem próxima de se apagar. Ao longo de todos esses anos, sua sobrevivência dependeu não só do talento, mas do imenso esforço pessoal de autores como Lima Barreto, Carolina Maria de Jesus, Eliane Potiguara, Graça Graúna, entre tantos outros.

Um traço comum liga esses nomes: todos compartilham de experiências profundas e conseguiram, com o talento de um sofisticado trabalho de linguagem, fazer com que essas experiências chegassem com força ao centro de seus livros. Como diz meu colega e amigo Luís Augusto Fischer, com quem, na Universidade Princeton, tive o prazer de dar o curso Insurgent Writings from Brazil's Peripheries: nesses escritores o leitor percebe, nas entrelinhas mais do que no enunciado, a força dos valores profundos que estão implicados nas tramas. No que diz respeito a Verenilde, ela apresenta em sua literatura um dizer que logra se fazer ao mesmo tempo contemplativo e premente.

A razão disso talvez esteja na urgência de dar voz a uma história marcada por uma violência e um preconceito tão elementares que se sentem na dobra da carne. Ou nas palavras de um autor ao mesmo tempo tão próximo e tão distante do universo de Verenilde, o canadense Joshua Whitehead, da nação Oji-Cree: "O corpo físico que habitamos, em seu casaco de pele com zíper, sempre estará vinculado ao corpo de texto que criamos — e acho que isso é particularmente verdadeiro para escritores negros, indígenas, deficientes, queer e/ou mulheres (e qualquer interseção entre eles)".


Filha de mãe negra e pai indígena do povo Sateré-Mawé, Verenilde Santos Pereira nasceu em Manaus no ano de 1956. Ao seu redor, testemunhou verdadeiras batalhas interétnicas comuns — mas tão pouco notadas — entre os muitos indígenas impelidos para a extrema pobreza em grandes capitais do Norte do Brasil. Resultado da miséria financeira e do desenraizamento cultural que, entre outras coisas, levavam a consequências como o alcoolismo, Verenilde testemunhou "duelos onde não eram apontados seus comandantes, seus patrocinadores. Lutavam entre si como uma ferida sangrando outra ferida".

A habilidade com as palavras marcaria sua vida para sempre. Na redação que escreveu ao se candidatar para uma vaga em uma tradicional escola de Manaus, chamou a atenção das professoras ao usar o substantivo "amplexo" como sinônimo de abraço. "Para as freiras, naquele colégio de elite, foi uma descoberta. Uma menina suja, piolhenta, saber coordenar umas frases, e ainda mais escrever amplexo, com X e tudo", me disse Verenilde, com uma mistura de bom humor e melancolia.

Graças à educação recebida no Colégio Nossa Senhora Auxiliadora, em 1975 partiu direto para o curso de jornalismo na Universidade Federal do Amazonas. Na faculdade, para além das técnicas da reportagem, descobriu também a militância. Em fins dos anos 1970, começou a colaborar com o *Porantim*, primeira publicação brasileira exclusivamente voltada às notícias sobre questões indígenas.

Pouco depois, no início dos anos 1980, se juntou à OPAN (Operação Anchieta, à época; hoje, Operação Amazônia Nativa), grupo formado por missionários leigos dedicados ao trabalho de demarcação de terras e preservação da cultura indígena. Como professora, seguiu para lecionar em uma modesta casa de madeira e telhado de sapê no seringal Catipari, às margens do rio Purus, 1500 quilômetros, ou sete dias de viagem nas distâncias amazônicas, a sudoeste de Manaus. Nada, porém, foi tão difícil quanto o drama que viveu cinco anos depois.

Em junho de 1986, Verenilde circulava pela região de São Gabriel da Cachoeira, no norte do Amazonas. Por conhecer muito bem o local, tinha sido contratada pelo jornalista Octávio "Pena Branca" Ribeiro para o trabalho de apuração de algumas reportagens sobre a invasão de terras indígenas por mineradoras clandestinas. Ameaçada por garimpeiros e políticos locais, pensou em fugir. Antes disso, porém, sem saber exatamente por quê, foi presa.

Relembrados hoje, os quatro dias de cárcere e a fuga de São Gabriel da Cachoeira retornam como uma experiência de "cem anos de horror". Ferida pelos maus-tratos, ela deixou a cidade às pressas, mas foi obrigada a encarar uma verdadeira saga pela floresta. Uma das principais lideranças indígenas no Brasil, Álvaro Tukano acompanhou o trajeto e, passados quase quarenta anos, ainda guarda na memória o medo que viveu. A ideia inicial, lembra Álvaro, era que seguissem até a aldeia de seu pai, aos pés do pico da Neblina. O problema foi que o velho Fusca de Paulo Caroço, único taxista do local, não era páreo para toda a lama da BR-307 e, três horas depois de iniciada a viagem, entregou os pontos. O jeito foi dar meia-volta e regressar a pé, em meio à floresta. Nove horas depois, enfim chegaram de volta a São Gabriel da Cachoeira, de onde Verenilde conseguiu pegar um voo para Manaus e outro para Brasília, onde vive até hoje.

Escrever não é narrar recordações, viagens, amores e lutos, sonhos e fantasmas; escrever tem que ver com o devir, com o inacabado, é ato que extravasa toda matéria vivida, sempre a fazer-se, disse Gilles Deleuze exatamente quando, em 1993, em plena Amazônia, *Um rio sem fim* começava a nascer.

Verenilde, por sua vez, diz que "mesmo que alguns dos personagens tenham nascido de momentos vividos, histórias ouvidas, memórias e lembranças, eles são fatos literários, pois vêm também de sonhos, desejos, medos, perplexidades, e até do lirismo que pode surgir no que há de horror". Ao contrário do que pode parecer, não há contradição entre as experiências pessoais e o poder de fabulação. Ao criar seu universo literário, Verenilde mergulha a coisa narrada na vida do narrador para, em seguida, retirá-la dele. Dessa forma, como disse Walter Benjamin, "imprime na narrativa a marca do narrador, como a mão do oleiro na argila do vaso".

Além disso, *Um rio sem fim* deixa para trás não só a ingênua separação entre ética e estética como também se afasta do ideal universalista cujas raízes, segundo Toni Morrison, estão fincadas no racismo. Para a escritora norte-americana, qualquer um que se proponha a escrever um romance universal terá escrito nada, pois quanto mais concentrada a literatura em termos de sua própria cultura, mais reveladora ela é. *Um rio sem fim* nos leva para um mundo amazônico que desconhecemos e negamos, ainda que sua diversidade humana e cultural ali já existisse 12 mil anos antes de nossa era cristã. E enquanto a floresta caminha rumo ao ponto de não retorno, quando a destruição ambiental será então irreversível, seus habitantes originários seguem sendo violentamente atacados.

Como um sismógrafo a captar ondulações subterrâneas muito antes que elas atinjam a superfície, Verenilde percebe o mutismo e ouve o sussurro dos indígenas expulsos da floresta e marginalizados nas cidades enquanto nós ainda mal notamos o desastre humano e ambiental. Sua literatura se volta aos indivíduos isolados a ponto de não fazerem parte dos grupos minoritários constituídos por sujeitos políticos que formam, através de suas semelhanças, o "nós mulheres", "nós índios", "nós operários", como diz a escritora em suas reflexões teóricas.

"Ao escrever este livro, o que eu secretamente desejava era que Rosa Maria adentrasse uma universidade com seu pescoço caído para o lado, seu silêncio enlouquecido, seu cheiro de tantos desesperos, sua indolência 'impura'", me disse Verenilde certa vez, consciente de que isso é algo que apenas a literatura pode fazer. Como ressalta em sua dissertação, cuidou para que sua narrativa não se transformasse em apenas mais uma história dos vencidos, em que mulheres e homens, inseridos num cotidiano de terror, voltassem a ser enclausurados por interpretações que os tornassem apenas presas do medo, tensões e conflitos de sujeitos incompletos.

No mundo ameríndio, argumenta o antropólogo Eduardo Viveiros de Castro, o sujeito não é aquele que se pensa sujeito, mas aquele que é pensado como sujeito por um outro. Ao pensar Rosa Maria, das águas de seu rio sem fim, Verenilde Pereira desestabilizou certezas preconcebidas e fez brotar os marginalizados da Amazônia em um novo mundo. Mostrou-nos que ainda podemos contar outras histórias.

Rodrigo Simon de Moraes[*]
Princeton, 2024

---

[*] Doutor em teoria literária e pesquisador do Brazil LAB na Universidade Princeton (Estados Unidos).

ESTA OBRA FOI COMPOSTA PELA ABREU'S SYSTEM EM ADOBE GARAMOND
E IMPRESSA EM OFSETE PELA LIS GRÁFICA SOBRE PAPEL PÓLEN NATURAL
DA SUZANO S.A. PARA A EDITORA SCHWARCZ EM JUNHO DE 2025

A marca FSC® é a garantia de que a madeira utilizada na fabricação do papel deste livro provém de florestas que foram gerenciadas de maneira ambientalmente correta, socialmente justa e economicamente viável, além de outras fontes de origem controlada.